岩石堡上的孩子们

［英］娜塔莎·法兰特 著
胡雪婷 译

中信出版集团 | 北京

图书在版编目（CIP）数据

岩石堡上的孩子们 /（英）娜塔莎·法兰特著；胡雪婷译 . -- 北京：中信出版社，2022.1

书名原文：THE CHILDREN OF CASTLE ROCK

ISBN 978-7-5217-3831-5

Ⅰ . ①岩… Ⅱ . ①娜… ②胡… Ⅲ . ①儿童小说—短篇小说—英国—现代 Ⅳ . ① I561.84

中国版本图书馆 CIP 数据核字 (2021) 第 246092 号

THE CHILDREN OF CASTLE ROCK by Natasha Farrant First published in 2018
by Faber & Faber Limited
Bloomsbury House,
74-77 Great Russell Street,
London WC1B 3DA

岩石堡上的孩子们

著　　者：[英]娜塔莎·法兰特
译　　者：胡雪婷
出版发行：中信出版集团股份有限公司
　　　　　（北京市朝阳区惠新东街甲4号富盛大厦2座　邮编　100029）
承 印 者：北京中科印刷有限公司

开　　本：880mm × 1230mm　1/32　　印　　张：7.75　　字　　数：170千字
版　　次：2022年1月第1版　　印　　次：2022年1月第1次印刷
京权图字：01-2020-1074
书　　号：ISBN 978-7-5217-3831-5
定　　价：39.80元

献给菲比，感谢她宝贵的帮助。

也许，我是疯了，教授也疯了，

但我认为，孩子必须过一种开阔远大的生活……

如果这种愿望存在于……他们心中的话。

——伊娃·伊博森《蝴蝶·天堂·探险记》

第一部分

○

风暴湖

第一章
再见，樱桃园

想象一个花园里有一栋房子。

油漆剥落，烟囱开裂，杂草丛生……但是这些都别去理会，瞧瞧这里吧，枝干有你手臂那么粗的巨型紫藤，花朵低垂在旧石墙上；挂在老橡树上的秋千；还有这一圈绕屋而栽的樱桃树。有一棵离窗户特别近，夏天，果实成熟的时候，住在房间里的女孩伸手就能摘到樱桃。

想象一下——从你卧室的窗户摘樱桃！

这栋房子，樱桃园，就是以这些樱桃树命名的。一百多年前，一个叫艾伯特·米斯尔思韦特的男人从战场上回到家，建造了樱桃园。自那时起，他们家族就一直住在这里。

这里有很多的樱桃、派、蛋糕和果酱……

我们现在进去吧。你看见大厅地板上那些淡淡的长方形印子了吗，还有墙上那些？都是之前的地毯和画被拿走后留下的。现在，地毯和画，与其他所有家具一起全都搬走了。除了尘埃与阳光，什么都没留下。

让我们继续吧！这里是厨房——这家人刚吃完早餐。十一岁的艾丽斯盘腿坐在操作台上。她苍白瘦小，辫子又黑又硬。她咬着一根辫梢，正专心致志地看书。爸爸巴尼（你可能在电视上见过他）背对着房间，站在窗边喝咖啡。而他的姐姐佩森斯穿着溅满颜料的背带裤，正在水槽边擦干餐具。

最后的米斯尔思韦特们，停驻在他们的栖息地中。仔细瞧一瞧——以后就看不到了。因为这栋房子今天卖掉了，他们也要搬走了。

嘘！听！有事要发生。

一阵恐怖的呜呜声划破了厨房的宁静，紧接着是一连串的撞击声。巴尼从窗边转过身来。

“这栋房子，”他说道，“在哭泣。”

“只是烟囱里的风罢了。”佩森斯擦完餐具，开始把它们摞在塑料箱里，“说得那么夸张也没用。快点儿喝完，把杯子给我。”

撞击声后水管又呼呼地震颤起来。

“《樱桃园的复仇》。”巴尼用戏剧旁白的方式大声喊道，“要是电影的话，就叫这个名字，或者《米斯尔思韦特的诅咒》《猎杀布朗-沃森》。”

布朗-沃森是买下樱桃园的一家人。他们家有六个人和两条拉布拉多猎犬，全家人活泼又快乐。米斯尔思韦特家的所有人都很讨厌他们，包括佩森斯，哪怕她真的很想卖掉房子。

“巴尼，你的杯子！”她没好气地说。

“好啦，好啦！”巴尼喝光咖啡，把杯子递给了她，“对了，顺便告诉你，艾丽斯已经写了关于布朗-沃森家的故事。故事里除了狗，其他人全都死了。这将会是一部很精彩的电影，对吗，艾丽猫[1]？”

艾丽斯从书里抬起头，眨了眨眼睛：“什么？”

“我们在说你的故事呢，”巴尼说道，“还有鬼。”

佩森斯把箱子猛地朝他推去。“去把这个放进车里。”她说道，“艾丽斯，你要去哪儿？”

一提到鬼，艾丽斯的脸色愈发苍白了。她不声不响地从厨房的操作台上跳下来。喏，像之前的米斯尔思韦特们一样，艾丽斯娴熟地踢开花园的门。

“妈妈。”她说。

“你妈妈？什么？艾丽斯！早餐！”

可艾丽斯已经不见了。

夜里下过雨，草还是湿的。自去年夏天起，草坪就再没有修剪过了。有的地方草深及膝，浸湿了艾丽斯的牛仔裤，但她没有注意到。就算注意到了，她也不会在意的。她迈着重重的步子穿过草地，走过落下最后几朵花的樱桃树，绕过杂草丛生的池塘。每年春天蝌蚪变成青蛙时，苍鹭都会来池

① “艾丽猫”是巴尼对艾丽斯的爱称。——编者注

塘把它们吃掉。经过醉鱼草和薰衣草之后，艾丽斯终于气喘吁吁地来到花园尽头的长椅旁。

她不敢相信自己居然忘记了。

爸爸和姑妈已经详细解释了搬家的原因，但是艾丽斯几乎可以确定，如果妈妈没有死，这一切都不会发生。妈妈深爱着樱桃园，仿佛她生来就是克拉拉·米斯尔思韦特而非克拉拉·卡明斯卡。她还活着的时候，一切——所有的一切——都要好得多。房子里曾充满了欢声笑语，因为妈妈总是在笑、在唱、在跳。房子里也曾香气扑鼻，因为妈妈厨艺高超。而且他们也不总是囊中羞涩，因为妈妈有一份能拿到薪水的全职工作，不像佩森斯姑妈的画画工作，或是可怜的巴尼的演戏工作。但是，她走了。四年前，艾丽斯七岁时，她被一种传播迅速的可怕的疾病夺去了生命。她的骨灰撒在了花园里，为了纪念她，他们种下了一片白玫瑰花丛，就在艾丽斯现在所站的位置上，这里也正是他们夏季夜晚最喜欢坐在一起读睡前故事的地方。艾丽斯常常来这里跟妈妈说话。花丛靠墙而栽，像妈妈一样坚强而优雅。花丛中缀满了粉色的花骨朵，开花时就会变成又大又蓬松的白玫瑰。想不到以后再也看不到它们开花了。

艾丽斯拾起一根棍子，挖了起来。

几分钟后，佩森斯到达现场。她再次怀疑是不是不该把房子卖掉。

艾丽斯曾经是个开朗外向的孩子。自从她的妈妈去世后，她只想待在家里读书写字。她终日写作，巴尼不在的时候她写得最多。在佩森斯给她的练习本上，她写满了故事，巴尼一回来艾丽斯就会拿给他看。他是唯一一个被允许阅读这些故事的人。艾丽斯崇拜她的父亲，她从不质疑他长久的缺席，反而坚信终有一天他会成为一名伟大的演员。他们本来可以这样一直生活下去——艾丽斯宅在家里写个不停，巴尼不说缘由就出门旅行，佩森斯在阁楼里画着无人想买的画——除了佩森斯偶尔会偷偷翻看一些艾丽斯写的故事。

这些故事疯狂、悲伤、有趣且优美。读到这些故事以前，佩森斯想要的只是保障艾丽斯的安全、饮食和健康。读完这些故事以后，她有了一个秘密心愿，那就是帮助艾丽斯像她笔下的人物那样热烈地活着。她越想越觉得需要和过去一刀两断，而且她确信自己是正确的——大多数时候——基本确定。最近几周，她每晚都躺在床上说服自己……但是当她看见她的侄女试图用木棍挖玫瑰丛时，她就会质疑——让一个小孩离开她唯一的家是不是一件好事。

艾丽斯从不谈论自己的情绪——从不多说一句，事实上，她离开厨房只说了一个词，就是个典型的例子。但是她却根本无法隐藏这些情绪。佩森斯靠近时，艾丽斯虽然两眼冒火，却皱起鼻子阻止自己哭出来。

“我不会丢下她自己走的。”她说。

佩森斯叹了口气。她知道自己的小车已经没地方放玫瑰丛了。她四下张望寻找巴尼，而巴尼和往常一样，一出现难题就消失了。她只能告诉艾丽斯这不可能。

“一刀两断。”佩森斯心想。

然而，看见艾丽斯紧绷下巴的坚毅神态，有时候，你必须得腾出点地方。

“棚屋里还有很多工具。”她说，“我觉得没必要丢掉它们。我去拿个铲子，我们可以把它好好地挖出来。记住，我们得修剪修剪。然后我们可以把它种在花盆里。”

“她，”艾丽斯纠正道，她再次用木棍扒拉了起来，“妈妈。我们可以把妈妈种在花盆里。”

这虽然听上去很好笑，但她们谁都没笑。

“再见！”樱桃园低语道。“再见，再见！”杂乱的阁楼上佩森斯的画室，艾丽斯喜欢在那里写作的书房，米斯尔思韦特家的孩子们总是滑上滑下的扶手，以及他们冬天烤栗子的绿瓦壁炉都在低声与他们告别。艾丽斯沉默地走过每一个房间，她在触碰到的每一处都听见了房子的告别声。

这与烟囱和水管无关。

他们把行李全都搬上车。这并没有花太长时间，因为他们的东西不多——几箱衣服，一箱餐具，一些书，一个银制茶壶，一个花瓶，还有画、地毯。

一盆玫瑰丛。

一百多年来，并没有多少可炫耀的东西。

他们看了亲爱的老房子最后一眼，然后挤进了车里。有那么疯狂、充满希望的一瞬间，艾丽斯觉得车子不会启动了。可是接着轮胎就轧过了小石子儿，发出熟悉的嘎吱声。他们从木门驶了出去，开上了车道。一座小桥横跨在溪流之上，他们都曾在那条溪流里玩过水。现在他们转弯上了大路，房子慢慢看不见了。艾丽斯的胳膊上，刚刚被玫瑰刺破的地方开始流血。她一边吮吸着伤口止血，一边想着如果这是她写的一个故事，她会让玫瑰或者车子甚至是血液通过传送门去到另一个世界。在那个世界里，维持母亲生命的治疗方法找到了，姑妈不会莫名其妙地卖掉房子。但这并不是故事，只是他们坐在车里，驶向未知而可怕的未来。

“向新的冒险出发！”巴尼擦着银茶壶大声喊道，“一定会很好玩的！”

艾丽斯的故事里没有巴尼的容身之处，从来都没有。对她来说，巴尼对她的意义远远高于故事所能讲述的。

米斯尔思韦特一家离开的时候，没有看见布朗–沃森家的搬家小货车，也没看见跟在后面的布朗–沃森家的小汽车。倒也无妨。他们不需要知道布朗–沃森家的孩子们为了争抢卧室奔上楼梯，或是布朗–沃森家的大人们讨论该砍掉哪棵树，又或是布朗–沃森家的拉布拉多在花园里挖土刨坑。说实话，我们也不需要知道这些。我们的故事是关于米斯尔思韦特一家的，我们要跟他们一起去伦敦，送艾丽斯坐火车。

第二章
世界尽头

或许，当你想到大城市的火车站时，你想到的是高高的玻璃天花板、巨大的钟表，以及冒险即将开始的兴奋感。杰西·奥库约喜欢那样的火车站，可他现在正在伦敦尤斯顿火车站，拖着风暴湖学院的橙色背包和空空的小提琴箱跟在他的三个哥哥身后。他们沿着昏暗狭窄的站台，走向返回学校的苏格兰卧铺火车。杰西，另一个孤独的孩子，他刚满十二岁，渴望冒险。他最喜欢做的一件事，就是带上地图、指南针和双筒望远镜，在乡间大摇大摆地走来走去，假装自己是个伟大的探险家。他还喜欢其他东西：可以消灭许多怪兽的电子游戏，可以自己选择结局的书，以及关于古代英雄和中世纪骑士的故事。这些故事他读得很慢，因为他有一点儿阅读障碍，所以他会用自己的名字来替代故事里的人名。

杰西·奥库约杀死了龙！

杰西·奥库约冲进了战场！

现实恰恰相反。

眼前的现实明显并不是英雄式的。他的哥哥杰瑞德偷走了他的小提琴，一蹦一跳地走在前面，还拉起闹哄哄的苏格兰民谣，他的另一个哥哥杰德跳着舞，还有一个哥哥杰里米唱着歌。人们纷纷驻足观看，有些人还拍起了照片。他们显然觉得这一幕如画一般优美动人，也许你也这么认为。杰西只希望他的哥哥们正常一点儿，不要那么能歌善舞会拉琴，也不要长得那么帅，那么高。杰西也很高，但是在他们身旁，他觉得自己就像个霍比特人。

哥哥们已经到了车厢，他们围着笑眯眯的乘务员，继续又拉又唱又跳。

“怎么啦，弟弟？”杰西赶到时，杰德大笑道，“你不喜欢我们送你吗？”

“你们知道我不喜欢。”杰西咕哝着从他们身边挤了过去，跳上火车。

“什么？”杰德大叫着跟着他跳了上去。

“他不——喜欢——我们——送他！”杰里米唱着，也跳了上去。

杰瑞德将琴声从民谣切换成悲痛的挽歌。

他们等杰西奋力卸下背包之后，就猛地扑了上来。杰里米夹住了他的头，杰德开始挠他痒痒，杰瑞德将琴声从挽歌转为快速激烈的吉格舞曲。杰西叫嚷着，设法挥拳打他们。他们没听见米斯尔思韦特一家抵达时车外的喧闹：佩森斯姑妈身穿苹果绿的外套，手上挥舞着艾丽斯的车票；巴尼拿着跟杰西一模一样的橙色背包；艾丽斯则紧紧地抓着一本破破烂烂的书。那是她最喜欢的书，她在车里看了一路。

“我们迟到了吗（米斯尔思韦特一家总是迟到）？”佩森斯姑妈对乘务员大声喊道，“我们迷路了（米斯尔思韦特一家总是迷路）！”

乘务员提醒他们只剩五分钟了。

米斯尔思韦特一家赶忙上了火车，迎面撞见了大笑着、咆哮着、拉着小提琴的奥库约四兄弟。

“放开我！”杰西的脸埋在杰里米的胯部，他的声音低沉发闷。

“你不尿裤子我就不放！”杰德大声说，“一挠他痒痒，他就会尿裤子。”他告诉一脸困惑的米斯尔思韦特一家。

这实在太过分了。伴随着一声怒吼，杰西从哥哥们的魔掌里挣脱出来，猛地摔进自己的卧铺间里。在他砰的一声关上门之前那短暂而可恶的几秒钟时间里，他和艾丽斯凝望了彼此。

“我觉得你们去的是同一所学校。”佩森斯姑妈低声说。

接着，砰！门关上了，杰西一屁股坐在地上，头搁在膝盖上。

许愿要慎重，人们说。

杰西想要冒险，他不知道冒险刚刚已经找上了他。

佩森斯姑妈要送艾丽斯去寄宿学校。

艾丽斯惊恐万分，她试图抵抗。她告诉姑妈，她已经读了几百本关于寄宿学校的书。书里，哪怕是阳光开朗的人在寄宿学校也会被卷入暴力运动，或是有人被谋杀，或是邪恶的巫师将无辜的人引向深渊。

艾丽斯争辩说寄宿学校很危险。

“没这回事。”佩森斯姑妈回应道（将来有一天她会多么后悔自己说了这句话啊！），“瞧，这是学校的网站。那里是一个很迷人的地方，就像故事书一样！”

“很贵的。”艾丽斯无视网站，苦苦哀求道。

“没有你想象的那么贵。”佩森斯姑妈还笑着补充说。学校的所有校服都是由学生亲手缝制的，学校有自己耕种的农场，因为他们相信自给自足，以及佩森斯姨姑妈所谓的“素质教育”。

“而且学校在一个城堡里，”她说，“叫作‘风暴湖’，在苏格兰！”

“苏格兰！”

“又不是在世界的尽头。”

“可是在英国的尽头啊。你打算住在哪儿呢？”

“我之前告诉过你了，我在伦敦找了个教职。”

“但你讨厌城市。你疯了！整件事都太疯狂了！”

这时佩森斯姑妈噘起嘴，咔嗒一声关上笔记本电脑，然后用让人无言以对的成年人的话语说道：“好吧，我觉得这样对你比较好。”

就连巴尼也帮不上忙。

“抱歉，艾丽猫。”当艾丽斯冲进巴尼的房间，求他改变佩森斯姑妈的想法时，他说道，“你知道她从来都不听我的。而且，”当艾丽斯扑到他的怀里时，他补充道，“苏格兰没那么糟糕。我会去看你的，我保证！这儿，瞧。”他伸手从口袋里拿出手机，在搜索引擎里打了几个字，“有个地方，我记得，一个小岛，叫什么名字来着？尼什！对，就是它，超棒的。那里有海鹦、城堡和护城河。我以前常常假装自己是那里的国王。”他把手机当作想象中的剑挥舞起来，“砰！呀！接招儿吧，可恶的入侵者！”

他递过手机，艾丽斯看了一眼，是一张照片。照片里，几千只海鸥在惊涛骇浪之上飞翔。

“尼什岛是鸟类学家和海鸟的天堂。”她读道。

这是为了让她好受一点儿吗？

“鸟类学家就是研究鸟的人。”巴尼说道，“是不是很棒？我会带你去那里！我们一起当国王和女王！”

“我知道鸟类学家是什么。”艾丽斯说道，“我想跟你一起生活。”

但结果却发现，巴尼要去旅行，他说是巡演。艾丽斯假装相信他，她不再抗议了，只是为自己的恐惧而独自闷闷不乐。

现在，尤斯顿火车站的这趟列车将载着她驶过黑夜，去往恐怖之地。在那里，艾丽斯将不得不挥舞起曲棍球棒，并永远被人群而非樱桃园安全、熟悉的孤寂包围。她很可能要跟十几个女孩同住一间宿舍；每当她想要写作的时候，女孩们就会强迫她吃夜宵；她可能还会被巫师变成石头。此刻，她站在火车上，简直不敢相信这一切正在发生。她把脸埋在巴尼的胸口，深深地嗅着他熟悉的气味——他皮衣上的烟熏焦糖味，以及他须后水散发出的柠檬味。

"你什么时候来？"她小声地问。

巴尼还没来得及回答，哨声就响了起来。他跟着佩森斯跳下火车，然后向上伸出手。艾丽斯从敞开的窗户探出身子，想去握他的手。但是火车已经开动了，巴尼追着火车跑了起来，他大声叫喊着，可艾丽斯听不清楚他叫喊的是什么。

火车转了个弯，他就这样不见了。

艾丽斯把头缩了回来，小心翼翼地关上窗户，把带着金属味的热气挡在外面。

"很快。"这就是她刚刚听到的回答，她确信无疑。

很快，很快，很快……

许愿要慎重。

第三章

蓬松柔软，满是企鹅和独角兽

火车隆隆地驶出车站，经过郊区的排屋和尖角办公大楼。艾丽斯和杰西什么都没看见。

艾丽斯背对着窗户坐在床上，她正在愤怒地写一个奇妙的故事。故事讲述了一个女孩离家出走加入了马戏团，她在高高的秋千上荡来荡去，下面是一个深坑，里面都是饥饿的老虎。而隔壁房间的杰西仰面躺着，他凝视着天花板，憎恶着自己的哥哥们。

但是冒险开始的方式多种多样。

杰西知道，如果换作是他的哥哥们，他们并不会觉得这是屈辱。他们会嘲笑艾丽斯的一脸惊恐，会吹嘘说自己撒了多少尿。但是杰西与他们不同，他敏感害羞，非常容易感到难堪。他在意别人对他的看法，他觉得艾丽斯现在正躺在床上嘲笑他呢。

如果她不再继续嘲笑下去的话，他就会鼓起勇气去解释。

他纵身跳下床，鞠了一躬（这有助于他假装去参加某种马上长枪比赛），来到走廊上，然后敲了敲她的门。

两个小孩都觉得对方很可怕。

艾丽斯最讨厌写作的时候被打扰了。看到她面色阴沉地打开门，杰西的心里惊恐万分。尽管杰西性情十分温和，然而仅仅是他的出现——一个真正的寄宿学校的男生——就已经把艾丽斯吓呆了。他哪里知道，陌生人总能让艾丽斯说不出话来。面对着她沉默的凝视，他坚信她鄙视他。而她也猜不出，他发出的哽咽声是友好的。她只听见了咆哮声，就像她故事里的老虎一样。

若不是杰西灵机一动，整件事将会是场灾难。

杰西近乎尖叫了一声，便冲回自己的卧铺间里。他再次鼓起勇气，拿着膳魔师保温杯和一个大大的特百惠保鲜盒返回来了。

“野餐。”他坚定地说，然后从艾丽斯身旁挤进她的卧铺间。

于是，野餐就这样安安静静地开始了。有茶，有蛋糕，还有三明治。

他们一起盘腿坐在艾丽斯的床上，沉默而拘谨地边吃边喝，直到杰西（仍旧羞于提起自己的哥哥们）礼貌地问道是什么原因让她中途转学来风暴湖，她也同样礼貌地回答说这是她姑妈的主意。其实，艾丽斯真正想说的是姑妈把我放逐了。在她眼里，姑妈就像《白雪公主》里的王后，或是《亨塞尔和格莱特》里的继母。不，她根本就是个女巫！

但这些说起来，话就太长了。

“学校怎么样？”她勉强挤出一个问题。

有时，最简单的问题往往最难回答，尤其是你想实话实说的时候。杰西跟艾丽斯一样不善言辞，他琢磨着该如何回答。他能想象到“实际上还可以”或者“不错啊，如果你喜欢这种类型的话”这样的回答不尽如人意。但是关于风暴湖，可以讲的太多了，他完全不知道该从何说起。于是，他掏出杰瑞德的旧手机，打开学校网站。屏幕上是一群青少年和一位钢盔头发型的高大女人，他们穿着工装连体服，站在矮矮的石头建筑前挥舞着画刷。每一块石头都被涂上了不同的颜色，下面写着标题《爆裂的蝴蝶》。

他把手机递了过来。艾丽斯盯着手机，一脸困惑。

“他们是艺术天才。”杰西解释道，“那位是艺术老师弗劳·基施纳，她是实验派。”

“艺术天才？”

“每个人都有天赋，这是少校说的，福蒂斯丘少校。”他解释道，“他创建了这所学校，目的是帮助人们发掘自己的天赋。你点开另一张照片。”

另一张照片上是一个红头发的男孩，他发型凌乱，长着一对招风耳，戴着火车轨道般的牙箍。他高高地举起银奖杯，咧嘴大笑。艾丽斯看了都忍不住地笑，杰西脸色一沉。

“弗格斯·麦肯齐。天赋：功课。”他的语气让人觉得功课对他来说，不是天赋而是负担。学校网站上的所有人，没有谁能像弗格斯那样让他心烦了。“他赢得了无聊的数学挑战赛，正炫耀呢。他总在炫耀。”

艾丽斯的功课本来可以很好，但是她的白日梦让老师抓狂。她同情地问杰西的天赋是什么。

“跑步。”杰西沮丧地咕哝道。因为腿最长，所以他比同龄人跑得更快，这说起来根本不像是一种天赋。尤其是你的哥哥们上学的时候，无论做什么都是第一名。接着，杰西想到了什么，突然高兴了起来。“这学期有大型定向越野挑战赛，这是学校的另一个特色，大家都喜欢挑战赛，而且这个我很擅长。有点类似于全年的大规模定向越野赛，我肯定能赢。”

艾丽斯（对于大型定向越野挑战赛是什么只有个很模糊的概念）友好地说，她也相信他肯定能赢。杰西很受鼓舞，于是询问她的天赋是什么。

“写东西吧，我猜。”她说道，“写故事，不是写作业。”

“太了不起了！”杰西说（他人生中从未写过故事）。不过，因为他来这里就是为了这件事，而艾丽斯看起来很友好，如果他现在不说就永远不会说了。“之前，”他急促地说，“我哥哥说的那些……你知道，就是尿裤子的事，其实只发生过一次，在我五岁的时候，而且我那时候已经尿急了。我保证我没有经常那样做。”

因为他跟她分享了野餐，还告诉她她很了不起，所以她并没有嘲笑他，而是非常严肃地回复道：“我小时候，有一次爸爸使劲儿挠我痒痒，我不得不换了条裤子。”

在称得上是真正的朋友之前，他们还有很长的路要走，至少还有两次背叛，几个谎言，以及若干次濒临死亡的经验。但是他们对此一无所知，他们只知道比起旅程刚开始的时候，现在感觉好多了。

杰西离开后，艾丽斯脱掉衣服，换上睡衣。睡衣的裤腿和袖子都太短了，但是她很喜欢。因为这套睡衣蓬松柔软，上面满是企鹅和独角兽。艾丽斯的枕头上方有一盏小灯，她把被子四周掖好，躺在窄窄的卧铺床上，感到温暖而舒适，远离了外面黑暗的世界。学校听起来似乎也会没问题的，如果其他的小孩都像杰西一样的话。艾丽斯拉下百叶窗时，对夜空抛了一个飞吻。每当巴尼不在身边时，她都会这么做。随后，她拿起笔记本，继续写故事。马戏团里的女孩跟一个男孩交上了朋友，还解救了饥饿的老虎们。她写啊写啊写啊，直到趴在纸上睡着了。

火车在夜色中飞驰，他们停靠了克鲁郡、普勒斯顿和爱丁堡。直到第二天早上乘务员来敲门，艾丽斯才醒过来。她拉开百叶窗，屏住了呼吸。夜间的某个时候，长长的火车只剩下了三节车厢，现在行驶在单线铁路上。尤斯顿的玻璃、混凝土、排屋和办公楼变成了群山、帚石楠和欧洲蕨。艾丽斯看见一池水倒映着天空和一只盘旋的猛禽。

在她内心深处，遗忘已久的东西又开始蠢蠢欲动。

仿佛进入了另一个世界。

他们到苏格兰了。

第四章

他们都疯了

校车本该在卡斯尔黑格站接他们，但是他们下了火车，校车却不在。刚爬下火车时，艾丽斯还怀抱着谨慎乐观的态度。现在，站在空荡荡的站台上，她所有的恐惧和犹疑又全都回来了。如果你曾到过卡斯尔黑格站，你就会明白这是为什么。按照大多数人对于车站的理解，它根本就不是一个真正的车站——它只是荒郊野外一个杂草丛生的小站台，只有一把破破烂烂的椅子。四周除了群山和一条不太真实的道路，什么都没有。

“晚点了，”杰西愤怒地说，“又晚点了，总是晚点，太不公平了！”

艾丽斯好奇地看着他，他这才惊讶地发现她不知道“开学挑战赛”的事。

这让杰西陷入了两难的境地。

开学挑战赛的规则很简单：最后一个到校的人输。如果艾丽斯知道这个比赛的话，她就会明白，为什么校车晚点这件事很不公平。杰西和艾丽斯是仅有的两个坐火车的学生，现在已经九点多了，这里到学校有两个小时的车程。而且竞赛一年比一年激烈，大家到得越来越早。杰西本该知道的——在风暴湖上了两学期，他连输了两次。这件事已经成了家族笑料。如果说杰西讨厌什么事，那就是成为别人的笑料。

如果校车再不快点儿来的话，他和艾丽斯就会是最后两名，他们就得互相竞争了。

她知道了才算公平。

他应该能轻松地打败艾丽斯，因为他速度快，而她个头小，但是小个子的人也能跑得很快。而且，不像他一身跑步装备，艾丽斯穿着全套校服——厚重的毛衣和外套，再加上校鞋，她明显处于劣势。

不过……

也可以不告诉她，这个想法太诱人了。

但这有违体育精神，况且他们还算是朋友。杰西由于害羞话少，而且过于担心别人对他的看法，所以没什么朋友。

“我去看看校车。”他说完便慌忙爬上高高的悬崖边，拿出双筒望远镜观察路面。

艾丽斯看着他，瞬间感到头晕眼花，胃里一阵翻腾。几年前，她还能像杰西这样爬上去。妈妈曾叫她高山小山羊，因为她什么都爬。但是自从妈妈去世后，她开始恐高，什么都爬不了。群山让她感到渺小，她还感到寒冷，疙里疙瘩的校服毛衣（网上买的二手货，而且是以前的学生自己织的）

并没有看上去那么暖和。望着杰西爬上悬崖，她还感觉有点儿站不稳。于是她抱住自己的膝盖，看着空荡荡的马路思索着，如果校车不来的话他们该怎么办。

“我们能走过去吗？”她问道。

艾丽斯小时候，有一次巴尼忘记去学校接她。她等了又等，老师设法给巴尼打电话，后来她自己步行两英里回家了。当巴尼知道后，他爽朗地笑了，还称艾丽斯为小台柱。佩森斯气坏了，但是艾丽斯很喜欢巴尼为自己骄傲的样子。

“走路得好几天呢。”杰西叹息道。

“打个电话？”

“没信号。”

“什么，一点儿都没有？”她惊慌地想着巴尼，“学校里呢？”

“那里也没有。”

“那你们怎么保持联系啊？”

“写信啊，你知道的，写信。”

“写信？”她不确定巴尼这辈子有没有写过信，他是那种更倾向于说的人。

“你也可以去图书馆发邮件。”

“图书馆？”

远处的地平线上出现了一个小红点。杰西半滑半爬地从悬崖上下来了。

“跑！”他大叫一声，捡起两个人的背包，然后把自己的小提琴盒扔给她。

“什么？”她眯起眼睛望向马路，“可是还远着呢！”

“跑！”

艾丽斯跑了起来。

校车放慢速度，慢到刚够他们爬上车。然后，随着轮胎吱的一声，车子一跃而起，把艾丽斯摔到了地板上。

“哎呀！”司机是一个叫塔季扬娜的十三年级女生，有机械学的天赋。她猛地刹住车，时间刚够艾丽斯跌跌撞撞地走到座位上。“系好安全带！”

校车掉了个头，朝着来的方向疾驰而去。杰西突然乐观起来，也许他们不会是最后两个，他也不用打败艾丽斯。

“你可爱的哥哥们怎么样啦，小杰西？”塔季扬娜问道。

杰西的乐观消失了，焦虑再次又回来了。

“赶紧把我们送到就行了。”他咕哝着说。

校车在一座拱桥上飞奔。塔季扬娜大笑着向前倾身打开收音机，一首嘈杂的流行歌曲响了起来。塔季扬娜也跟着一起唱，还在座位上跳起了舞。艾丽斯默默地绷紧双脚，抓牢扶手，心里想着：他们都疯了。

音乐过后是断断续续的新闻片段。

“一个罕见玉雕在罗马一户私人住宅被盗。”他们爬上另一个山顶时，广播的声音突然变得清晰起来，“一……‘刺啦’……百万欧元悬赏……‘刺啦刺啦’……信息……”

“如果有一百万欧元，你们会干什么？”塔季扬娜飞快地绕过一个弯道，大声喊道，“我会买辆跑车，买一辆玛莎拉蒂。”

“我会买架直升机。”杰西咕哝着说。

“玉雕……男孩骑龙……约有李子那么大。”

“李子，小李子！”塔季扬娜一边唱一边猛地急转弯，避开了一只绵羊。而艾丽斯正努力地构思着她的马戏团故事。她发现驯虎师不但绑架了马戏团女孩，还像个疯子一样开着车，四处寻找自己丢失的老虎。

他们继续向前开啊开，驶入了一个狭窄的山谷。天色渐暗，乒乓球大小的冰雹倾盆而下，砸在校车上。

“苏格兰的烂天气。”塔季扬娜放慢车速，说道。

“我们真的不能再开快一点儿吗？”杰西问道。

“你真的想死吗？”塔季扬娜回答道。与此同时，艾丽斯的故事中，驯虎师一头扎进了雪堆里，马戏团女孩放弃了挣扎，忍不住放声大哭。

冰雹来得快，去得也快。他们从大路上拐入路侧停车带，停车带边上有一排黑松林，地上坑坑洼洼积满了水，还有一个漂亮的手工绘制的指示牌，上面写着“风暴湖停车场”。

“九年级的阿格尼丝·巴特比画的。”塔季扬娜说，“做手工很有天赋，但写字没有。”

这里就是风暴湖的孩子们下车的地方，剩下的路就要坐学校的校车了。因为前面的路很窄，没法容纳太多的车辆往返通行。

这里空无一人。

也就是说，他们是最后到的。

杰西本就低落的情绪现在更是跌到了谷底，他将不得不打败艾丽斯。

校车开始嘎吱嘎吱地缓慢爬坡。它穿过树林，经过瀑布，进入了满是碎石坡和荒草地的山谷——一片荒芜。到了这里，道路变得笔直平坦。塔季扬娜大叫一声踩下油门，眯起眼睛就朝岩壁飞奔而去。当他们从一个狭窄的山隘疾驰而过时，艾丽斯如释重负，差点儿哭了出来。

校车猛地停了下来，杰西连忙解开安全带，准备开跑。

艾丽斯声音沙哑地问道："我们到了吗？"

"不算是。"塔季扬娜说。

校车前面，道路在拐弯后急转直下，穿过冷杉和松树林，前方是一个郁郁葱葱完全封闭的山谷。谷底的田野被石墙分割成小块，看上去就像是缀着奶牛、绵羊和山羊的拼布。西边是一大片银色的湖，四周的山峦倒映其中，仿若一个完美的倒立世界。东边是一座城堡，由浅灰色的石头建造而成。城堡的每个角都有一座尖尖的塔楼，十二扇高高的窗户分别位于六座塔楼之上，就像拱形前门两旁的卫兵一样。一座古塔——最初的主塔楼，矗立在城堡外的小树林中，藤蔓缠绕着颓垣，白嘴鸦在屋顶盘旋，黄色的地衣厚厚地覆盖在深褐色的砖块上。古塔危险地向一边倾斜。

佩森斯说得没错，它的确像故事书一样，而且是一本邪恶的故事书。

“好了，下车吧！”塔季扬娜说。接着，在杰西慌忙地冲向车门时，第一次背叛开始了。

第五章
赛跑

接下来的几秒钟是一片模糊的记忆。

杰西跑了起来。艾丽斯毫无头绪，没有动。塔季扬娜见她一脸迷茫，便大声怒吼道："杰西！给我回来！"

杰西愣了愣，然后溜回了校车。

"你没告诉她，对吗？"塔季扬娜指责起他来，"她不知道。"

"告诉我什么？"艾丽斯的嗓音颤抖着。

"从这里开始，"塔季扬娜说，"就是赛跑了。这是规定，最后一个摸到前门的人输。说真的，杰西！从伦敦到这里的整个旅途中，你就没考虑过要告诉她吗？"

杰西看着地面。

"噢，我懂了！"塔季扬娜哭笑不得地说道，"其实你考虑过要告诉她，但是你想要保证自己必胜无疑！杰西，她的身形只有半个你这么大，你真的认为她会赢过你吗？"

杰西嘟嘟囔囔地说着什么小个子的人更擅长长跑，看看职业运动员和奥林匹克运动会就知道了。而塔季扬娜回他了些关于职业运动员的难听话。

“但是为什么啊？”艾丽斯问道。

“你不用管。”塔季扬娜郑重地说，“我要取消这次赛跑。”

杰西怒不可遏：“你不能这么做！”

“我能而且我也会这么做！我的年纪比你大得多，杰西·奥库约。这意味着我想做什么就做什么，而我现在想要的就是你们一起好好地走到前门，然后共同分担后果。对不起，”她转向艾丽斯，“我没有更好的办法了。自从上次学校忘了去接站，一群小孩被迫在卡斯尔黑格站待了一晚之后，现在确实没人坐火车了。当然，那是我开车以前的事了，我从来没有遗忘任何人。好了，再会！”

然后，她按了按喇叭，把车开走了。

艾丽斯和杰西沿着弯弯曲曲的路一起往前走。然而，他们感觉仿佛有什么东西碎掉了。

“我之前想要告诉你的，”杰西说，“只是找不到合适的时机。”

艾丽斯本来可以指出，在过去的十四个小时里，杰西有很多合适的时机告诉她，但是她什么都没说。相反，她想着自己的故事，马戏团里的女孩跟一个男孩交上了朋友，还解救了老虎。写那一段的时候，她感觉很美好。结果现在她却发现，男孩根本就不是女孩真正的朋友。

这让人十分困惑。

也许，如果她曾开口讲话，杰西可能不会做出后面那样的事。而现在，他俩并排走着，在尴尬的沉默中，杰西愈发愤愤不平起来。艾丽斯不知道开学挑战赛，并不能怪在他头上，学校网站上全都写得清清楚楚。塔季扬娜方才的一阵谩骂让杰西羞愧难当，在羞愧感逐渐消退后，杰西告诉自己这个挑战赛是有规则的，塔季扬娜不能因为自己快十八岁了而且少校让她开车就仗势欺人，随意打破规则。杰西自己从不打破规则，他因此而出名。应该说他太出名了，以至于弗格斯（他总是打破规则）每次经过他身边时都会向他敬礼，还称他为“死脑筋队长”。

开学挑战赛的关键在于，它只有一条规则：最后一个摸到前门的人输。

而杰西并不想输。

他的脚也痒，他的腿也痛，他身体的每一个部位都想要跑。

他们走到了谷底。现在道路笔直，两侧开满了粉色和紫色的杜鹃花。前方，两扇锈迹斑斑的大门嵌在长满青苔的柱子里。柱子上坐着两头残缺不全的石狮鹫。艾丽斯的忧惧愈发强烈。

突然间，她想妈妈了。

“就是这里了，”杰西压低嗓门说，“学校。”

大门里，道路弯弯曲曲地穿过茂盛的杜鹃花，然后消失不见。

他试图想象现在学校里的场景。通常，第一天返校时，庭院里会聚满学生。参赛选手一从校车上下来，他们就为他加油鼓劲。哪怕上两次他最后一个到达，他们都还在为他加油。那时，他仍然全力奔跑，想证明自己虽然输了但并不是个失败者。他们现在还在等着给人加油吗？还是像他一样，对塔季扬娜擅自取消比赛而感到厌恶并已经解散了？

少校会接受塔季扬娜的决定吗？

他实在太想跑了。

一开始就面色苍白的艾丽斯，现在更加苍白了。杰西看得出她很紧张。他回顾自己的第一天——当时，知道自己已经输了，他羞愧难当，但同时又很兴奋。风暴湖，终于到了！哥哥们的学校！但是那个时候，他已经在开放日来过好多次了。他很好奇一无所知地来到这里是什么感觉。

当他的脚发痒的时候，他坚定地告诉自己，按塔季扬娜说的做太难了。

当他的腿发麻的时候，他让自己相信，他对她感到抱歉。

然后——啊，然后杰西再也忍不住了！他不在乎塔季扬娜下达了什么命令，他不能就这样走回学校，他不能无视传统，他不能面对再次成为最后一名的耻辱。

有时候，做正确的事太难了。

如果杰西见过自己奔跑的模样，他恐怕不会对自己的天赋不屑一顾了。他的腿强壮修长，跑起来就像冠军一般。而且谁都看得出来，他其实暗地里很喜欢自己的天赋。杰西跑起来就像一道美丽的风景——一个体坛奇迹。

而艾丽斯则恰恰相反。艾丽斯跑起来根本不像奥林匹克长跑运动员。说实话，当她在他身后起跑时，她看上去更像一只瘦小、愤怒的㹴犬。弯道过后是一个上坡，艾丽斯忍着呼吸急促的痛苦，疲惫地跟在杰西后面，跑到坡顶时她已经上气不接下气了。风暴湖，学校，就在那里了。庭院里，许多学生无视塔季扬娜，正在为他们加油打气。他们吓坏了。

就在那时！噢，杰西！

跑步的时候千万不要回头看。最好的情况是拖慢你的速度。最坏的情况……最坏的情况……

杰西绊了一跤，摔倒了。

尽管校鞋很重，然而艾丽斯的脚仿佛生出了翅膀。她从杰西身旁飞过，忍住没去踢他。人群的欢呼声变得震耳欲聋。她能看见门了，狮头门环闪闪发光，而杰西仍在她身后……在那辉煌、胜利的一刻，她确信自己就要赢了！

就在那时……

就在那时，弗格斯，那个笑容让杰西发狂的红发天才，那个总是破坏规矩的男孩，突然伸出一只脚，拦在她面前。

当杰西从她身边飞奔而过时，他终于结束了二连败，艾丽斯则面朝下摔进了水坑。

第六章
少校

在西南边的角楼顶层，福蒂斯丘少校正从他的书房观察着下面的动静。

这个房间的位置很高，特别是对一个拄着拐杖的人来说；而且它很不实用，完全是圆形的，几乎所有的家具都不合适。但是为了这里的风景，也值了。在这高楼上，借助老式双筒望远镜，少校的一只好眼睛能清楚地看到一切。

而这就是他在四月的这个上午所看见的。

他看见一群吵吵闹闹的八年级学生在湖泊尽头互相推搡，试图把彼此推下船。他看见阿格尼丝·巴特比——著名的标牌画家在《爆裂的蝴蝶》上喷绘了一幅巨大的花卉壁画。十一点左右，他看见塔季扬娜“小心”地把校车开进了车库。过了一小会儿，他看见艾丽斯和杰西赛跑，弗格斯伸出了一只脚。

“唔。”少校若有所思地摸了摸胡子。

假期时，佩森斯·米斯尔思韦特偷偷来这里见过他，并且给艾丽斯考察了学校。

“我的侄女被困在了过去。”佩森斯告诉他，“她需要一个新的故事——不是去写，而是去活。”

在湖边的群山中，山谷里有许许多多的故事。但问题是，少校沉思着自言自语：哪一个才是适合艾丽斯的呢？

炉火旁的箱子里传来微弱的喵喵声，他迈着重重的步子走过去，费力地蹲下来。六只小奶猫依偎在一个旧羊毛毯上，它们是少校放假时从莫拉格手上救下来的。莫拉格负责管理学校的农场，他本来正要将小猫们溺死。少校伸出手，最小的那只猫爬进了他的掌心。“太多弃儿了。”每当他把受伤的动物带回家时，他的祖母就会这样说——一只被车撞了的猫，一只误入陷阱的狐狸，最惊险的是从天上掉下的一只被老鹰抓住的鼩鼱。从那以后，他就开始收留迷失的灵魂。

小猫舒服地打着呼噜，小小的爪子来回地踩着少校的手掌，少校轻声笑了。随后，他将目光投向楼下的庭院，他看见新来的地理老师——马多克·琼斯正竭力遏制着一场正在发生的“革命”。他把小猫放进外套口袋里，这个绿得吓人的外套是一个有时尚天赋的男孩为他做的，那个男孩已经离开很久了。少校转眼就忘了猫还在口袋里。

“弗格斯、杰西和艾丽斯。”他一边思索，一边一瘸一拐地走下古老的螺旋楼梯，“一个不可能发生的故事，但为什么不呢？”

为什么不呢？的确！

马多克从未打算做一个地理老师，直到我们的故事开始的几个月前，他还在国际野生动物慈善机构工作，他还订了婚。但那时他的未婚妻已经跑去了哥斯达黎加，不久之后，他丢掉了工作。于是他来到苏格兰，一边钓鱼一边思考爱情、人生和未来。随后他遇见了少校，少校给了他这份工作。

“我不敢保证它能修补你破碎的心，”少校说，“但是我们学校在一个美丽的地方，你在那里会感觉好受一点儿。”

虽然马多克的地理知识只比孩子们多一点点，但是他成了一名优秀的教师。他喜欢他的课和他的学生，他喜欢住在山谷里。他只是觉得，有时，学校的规定对他是种考验。

“输掉开学挑战赛的人，要在接下来的一个学期负责叫醒任务。”他努力向浑身是泥的艾丽斯解释道。学生们七嘴八舌地就赛跑发表意见，他不得不大声说话以便让自己的声音被听见。“这个人需要做的就是，在七点的时钟敲响之时，把门厅的大锣敲三下。这叫起床号，是一个军事术语，原意是叫醒军人的军号或小号……”

艾丽斯瞪着眼睛，一言不发。她知道起床号是什么意思。

“周六和周日不用敲。”马多克颤声说道。

“本来是没有比赛的。”塔季扬娜匆匆走上前，把所有人都挤到一边，“我废除了比赛。”

对马多克来说，学生废除规定这个概念完全是陌生的。“你可以这么做吗？”他问道。

塔季扬娜耸耸肩膀，仿佛毫不在意。

“如果不是弗格斯，那个女孩就赢了。”有人大声喊道，“他绊了她一跤。”

“不是，我没有！”弗格斯撒谎道。

另一个人出示了手机上录的赛跑视频，并从人群中传给了马多克。视频里基本都是人的脑袋。

“让弗格斯来敲起床号！”有人大喊道。

“不，让杰西来！”另一个人喊了回去，“他赢得一点儿都不光彩！”

“整个体系都太原始了！”艺术老师弗劳的华丽出场短暂地转移了大家的注意力，她全身上下只有一件黑色泳衣和些许亮蓝色的黏土。“我不赞成这些挑战赛，它们是反民主的，每个小孩都应该像美丽的鸟儿一样自由。另外，学校应该购置一些闹钟。”

“我基本同意你的观点，”哲学老师沃洛耶夫教授若有所思地说，“但是你能用闹钟来替代整个信仰体系吗？”

“你说呢，杰西？”马多克问道。

杰西并未享受到胜利的喜悦，他嘟囔着说他不知道。

“但你是否同意不跑了呢？”

“这是规定。”杰西争辩道。但当他们年级有一半的人都在抱怨时，他立马后悔了。

“太丢人了！”有人大喊道。

“野蛮！”弗劳怒喝道。

“应该让弗格斯去做！”很多人大喊道。

“不，杰西！”

“弗格斯！杰西！弗格斯！杰西！”

“安静！”

人群安静了下来。少校到了。

即使穿着亮绿色的夹克，口袋里还有一只扭来扭去的小猫，少校也总能让人印象深刻。他身上有些东西一直积极地提示着他在军队服役的经历：左眼上的眼罩是在巴尔干半岛留下的，跛足是在阿富汗遭遇了严重的骨折，还有他那只完好的眼睛里坚毅的光芒，宽阔的肩膀，以及没有耐心去修剪的蓬乱胡须。他沉默地注视着艾丽斯，而艾丽斯扬起下巴，想要回应他的凝视，但却发现这是不可能的。

“艾丽斯。”一个雾角般的声音温柔地响起，低沉而有力。艾丽斯睁大了眼睛。

“必须有人敲响起床号，艾丽斯，”他说，“就像有人必须在早餐、午饭、茶点、晚饭时间，以及下课后和开始写作业时敲锣一样。赛跑只是为了决定由谁来做这件事，这并不是惩罚。在风暴湖，我们没有惩罚，只有后果。所有行为都有后果，而我们必须接纳这些后果。这就是我们制定规则、作为一个秩序良好的社区运行下去的方式。你明白吗？”

艾丽斯不明白，却还是点了点头。少校把注意力转向弗格斯。

“还有弗格斯，既然你这么喜欢泥巴坑，这个学期你就去帮忙清理猪圈吧。”

这里还有猪？面对着这个新的困惑，艾丽斯感到筋疲力尽。

“你是否同意，清理猪圈对你的行为来说，是一个合适的后果？”

“是的，先生。”弗格斯回答。

“那我们这里的事情就结束了。”少校笑容满面地说，“欢迎来到风暴湖，艾丽斯！杰西、弗格斯，现在由你们来负责接待我们的新同学，好好照顾她，带她参观一下学校。天哪，这到底是什么东西？”

小猫咪厌倦了少校的口袋，它顺着他的袖子爬了上去。六个七年级的女生立刻拥向校长。艾丽斯、弗格斯和杰西已然被忘记了。

艾丽斯注视着小猫。

“他喜欢救助小动物，”杰西喃喃地说，“上学期是白嘴鸦。听我说，艾丽斯，我真的很抱歉，真心的。我不能停下来……”

艾丽斯眯起了眼睛，他的声音也越来越小。

弗格斯用手捋了捋头发说：“猪！”另外两个人一脸嫌弃地看着他。

“你活该。”杰西说道，“你在想什么呢，把她绊倒？”

“闭嘴，死脑筋。”弗格斯已经感到自己的行为像个白痴——傻得像猪——他觉得自己不需要再被教训一番了，“我帮你赢了。”

“我不需要任何人的帮助！”杰西咆哮着说。

艾丽斯大声地叹了口气，毅然朝前门走去。两个男孩注视着她，然后追了上去。

第七章

我知道纵火癖是什么意思

即便是最叛逆的湖人（没错，在风暴湖他们就是这么称呼自己的），在炫耀门厅的时候都会骄傲且兴奋不已。的确——像樱桃园一样——它也曾风光无限。自从去年夏天那场不明智的室内板球赛之后，十二扇窗户上有两扇被木板封住了。阴郁的公鹿头挂在墙上，头顶的毛都快没了。楼梯口两侧的铠甲上，厚厚的锈迹几乎盖住了金属表面。别跟我提灰尘——风暴湖的所有家务都由湖人们自己负责，而他们只是对做家务没什么兴趣罢了。但是湖人们非常喜欢这两个铠甲，它们分别被称作阿拉斯泰尔勋爵和哈米什勋爵。每晚上楼睡觉时，他们都会轻轻地拍一拍公鹿（或许这就是它秃顶的原因）。至于其他的——瞧瞧这弧形楼梯，简直就像电影里的一样；天花板上装饰着盾形纹章；石头壁炉特别大，上面还有目光邪恶的滴水兽；如果能把几个小个子的学生塞进烟囱，那么就能把全班都装进这个壁炉里。我承认，这么做有一点儿阴险，还有点儿不大干净。但是绝对让人叹为观止吧？

是的！是的！是的！

艾丽斯浑身湿漉漉的，她感到难堪又迷茫，但她尽量不让眼前的富丽堂皇吓到自己。男孩们就像平常对待新访客一样，他们领着艾丽斯走进前门，然后恭敬地停下来，等待着一如既往的惊叹声。艾丽斯把自己的小鼻孔翘上天，什么话都没有说。

“嗯，锣就在这儿了。”杰西难堪地说。他带着艾丽斯来到壁炉左边的壁龛前——一个巨大的黄铜圆盘，悬在几乎和她一般高的橡木框里，旁边的钩子上还挂着一根木槌，棕色皮质的木槌头几乎跟网球一般大。

“起床号还好，真的。”他说，“这个学期会好一点儿，因为天亮得早。上个学期天又黑又冷，尤其是锅炉坏了的那阵子……”

艾丽斯抱起双臂，盯着天花板。杰西没有注意到她颤抖的下嘴唇。他希望能回到昨天，他们仍在火车上，艾丽斯正在问他有关学校的事情。“有场赛跑。”他会说。然后今天他们就会光明正大地比赛，而他几乎肯定会赢，并且赢得公平。那么现在他们仍是朋友。

他怯生生地拿起木槌，递给了她。

“你把锣敲三下，尽量往中间敲。”他解释道，“你想试一下吗？”

艾丽斯一言不发地从他身旁走了过去。

有时候，你可以尽情地许愿，但这并不会改变任何事情。杰西闭上嘴，温顺地跟着她上了楼。

二楼的楼梯平台上，木地板光秃秃的。墙壁一面涂成了红色，另一面涂成了蓝色，上面满是划痕。

“节约成本！”弗格斯（正如杰西在火车上说的那样）很喜欢炫耀，但他同时也想弥补自己愚蠢的行为，于是他当起了向导。“少校向人们募捐油漆，说什么颜色都没关系。他觉得这两种颜色令人振奋。瞧呀，红色明亮鲜艳！看呀，蓝色有镇静舒缓情绪的效果！”

艾丽斯皱着眉。弗格斯鼓励自己不要气馁。

他们继续走，沿着一条粉色和黄色的走廊——多像蛋糕上的糖霜啊！他们走上一个狭窄的楼梯平台，然后又上了一层。弗格斯指着教室、实验室、公共休息室和宿舍，叽里呱啦不停地介绍着，直到他们终于上到了顶层，来到有许多绿门的淡紫色的走廊里。

他们停在最后一扇门前。

“这个就是，”弗格斯夸张地鞠了一躬，然后宣布道，“你的房间。”

艾丽斯一走进房间，思乡之情就扑面而来。

直到现在，这些都感觉像是发生在别人身上的故事。那趟火车，那个疯狂的司机，那场愚蠢的赛跑……但她现在所在的这个安静的小房间，却让她感觉很真实。

房间并不算糟，墙壁被涂上了和走廊一样的淡紫色。床虽然窄小，但是上面却铺了一床厚而松软的被子。窗外景色宜人。只是那几个字——你的房间……

你的房间应该在一个完全不同的地方，它属于樱桃园。

眼泪涌上眼眶，艾丽斯皱了皱眉头。

“你很幸运，”杰西说，“大部分七年级生住在集体宿舍里，这个房间刚好空了出来。之前住在这里的女孩是十二年级的。”

“她被开除了，因为她总是在化学实验室纵火。”弗格斯抬起头，说道，“我猜她还想把这里也给烧了。”

艾丽斯顺着他的目光向上望去，天花板上有一大块被熏黑了。

“她是在帮劳伦斯教授做烟花。劳伦斯教授是化学老师，正在为开放日制作一种白天用的新型烟花，计划在湖中心燃放。学校说梅拉尼——梅拉尼·范·伯克，就是之前住在这儿的女孩——有科学天赋。但是老实说，她百分之百有纵火癖——就是喜欢故意放火烧东西，如果你不——”

“我知道纵火癖是什么意思。”艾丽斯终于打破了沉默。

“你知道？”弗格斯很高兴，“我正在收集怪癖呢。有纵火癖，当然，与火有关；还有偷窃癖，就是无法停止去偷东西；以及沐浴癖，就是无法停止……”

“沐浴。”艾丽斯叹道。

弗格斯肃然起敬：“那藏书癖是……”

“书。”艾丽斯翻了个白眼，“很明显。”

杰西完全不知道他们在说些什么。他只知道，单是艾丽斯不跟他讲话就已经够糟糕的了，更不用说她还跟弗格斯展开了难懂的对话。他努力想找点俏皮话来讲——说点除了“闭嘴，弗格斯”之外的话——然而他却什么都想不出来。

“恐龙癖。”弗格斯大喊道。

艾丽斯把他推出屋外。

杰西踟蹰着，试图再次道歉。她把他也推了出去，完全无视弗格斯还在大叫着“恐龙”。

弗格斯的聪明是那种可以跟电脑下棋、宁愿解数学谜题也不看电视、随便侵入别人的电脑就因为自己有这个能力（记住这一点，这很重要）的聪明。他四岁时就能流利地阅读英语读物，五岁时就能用妈妈的母语德语阅读，七岁时自学了意大利语，十岁时在辩论、数学和综合才能方面拿到的奖杯多到没地方摆放。

他是个天才，这一点无人质疑，甚至无人在意。大家在意的是他做的那些非常非常愚蠢的事情。譬如，把蟾蜍放到埃斯米的床上，把盐放进阿米尔的茶里，或者在橄榄球练习前，把乔舒亚的鞋带系在一起。他的愚蠢甚至不是那种高智商的愚蠢。当弗格斯感到无聊的时候（而且他很容易感到无聊），他就会变得十分弱智，有时甚至还很刻薄。他绊倒艾丽斯只是为了看看会发生什么，根本没有别的意思。而结果让他相当满意，所有人都在大叫大嚷，甚至连猪都是件新鲜事。

可是，在和杰西带艾丽斯参观学校的过程中，弗格斯逐渐被她深深吸引。他们带她去看了随着天气而变换颜色的湖泊，他们经常钓鱼的划艇，他们种植食物的农场，以及那古老又恐怖的主塔楼，新的音乐教室就在那里。一整个下午，艾丽斯一言不发。起初，他很失望，因为他很喜欢之前他俩就怪癖进行的短暂交流，并期待能有更多的对话。但是过了一会儿——我跟你说过他很聪明——他渐渐对她的沉默产生了兴趣。

弗格斯觉得艾丽斯的沉默有一种紧绷感，就像即将烧开的水壶，或是马上要尖叫的婴儿，又或是快要爆炸的炸弹。也就是说，艾丽斯虽然沉默，但若是爆发则后果不堪设想。

晚饭时，艾丽斯几乎一口没吃。其他学生拥到他们餐桌旁来见她，爱管闲事的珍妮、害羞的萨米拉、小达菲、“哲学家”阿米尔和满脸粉刺的泽布。弗格斯观察她回答他们的问题。他发现她十分平静、沉着而且谨慎，既不草率，也不粗鲁，而是保持着相当迷人的平衡。除了一个有趣的小动作，她的左手左右移动，仿佛在写字。她唯一一次透露出一些有趣的事，是珍妮问她的父亲的职业的时候。

“他是个演员。”她说，语速有些偏快。

“他红吗？”

“快了。”此时，已然入迷的弗格斯发现她居然脸红了。“我的意思是，他会红的，他真的很棒，他只是需要个好机会。”

弗格斯能猜到她干了什么。当他的父母去年告诉他，他们要离婚的时候，他很震惊。虽然回想起来，种种迹象都清晰地摆在他眼前——大吵大闹，无休止的旅行，分房而睡。“目之所及，心之所向。”父母送他去见的咨询师是这么说的。

不管她自己是否意识到，艾丽斯在她爸爸的事情上撒了谎。

弗格斯相当喜欢这一点。

第八章
惹是生非的天赋

艾丽斯在第二天早晨醒来时，有那么一瞬间，她以为自己还在樱桃园。光线从窗帘周围透了进来，就像家里一样。被子也是同样的温暖舒适，她关掉手机上的闹钟，又钻回了被窝。佩森斯不来叫她去学校，她就哪儿都不去……

学校！

她再次睁开眼睛，看见了被熏黑的天花板。温暖舒适立刻被恐惧所取代。她看了看时间，现在六点四十五分……

她想起来了，抱怨了一声，然后溜下床走到窗边。湖就在那里，湖水今天几乎是黑色的。还有山、天空和随风飘动的云……她脱掉睡衣，穿上疙里疙瘩的校服。艾丽斯打着哈欠踏进了淡紫色的走廊，接着是绿色的门，狭窄的楼梯，粉黄相间如同蛋糕般的楼梯平台，还有令人振奋的红蓝墙壁，之后便是门厅和打了补丁的窗户……

清晨时分，城堡安静得可怕——那种会让人胡思乱想的安静。经过眼神呆滞的公鹿头时，艾丽斯心想：如果它们在监视我怎么办？路过生锈的铠甲时，艾丽斯怀疑：有人在说话吗？

那只锣就在这儿了，但是不是有什么东西潜伏在壁龛的阴影里？她拿起木槌，它看上去有些陈旧了。她思索着谁是第一个使用它的人。

墙上的钟敲了七下。

艾丽斯按照杰西的指导，朝锣的正中心敲了上去。锵的一声，城堡里发出巨响，艾丽斯的胳膊瞬间被震麻了。她感到幻想与现实之间那条细细的分界线突然被摧毁了。

锵！

公鹿从墙上跳了下来……铠甲嘎吱嘎吱地活了过来。

锵！锵！

公海上，一艘三桅船的某处，老虎发出怒吼，马戏团女孩爬上牵拉桅杆的绳索，她的头发随风飘扬。艾丽斯更加用力地挥动木槌，她感觉仿佛之前写的所有故事都源源不断地从体内涌了出来，如同活物一般围绕着她。愤怒、悲伤、恐惧……她缄默已久的情绪也全都涌了出来，只是它们不再沉默，而是被木槌和黄铜圆盘变成了音乐，让空气都为之震动。

锵！接招吧，弗格斯·麦肯齐，因为你绊倒了她。接招吧，杰西·奥库约，因为你不守承诺！艾丽斯一边使劲儿地敲着起床锣，一边想着曾惹恼她的每一个人。锵！锵！接招吧，可恶的布朗-沃森一家，因为你们偷了她的房子！接招吧，佩森斯姑妈，因为你把她送走！锵！锵！锵！怒火越烧越旺。接招吧，妈妈，因为你死了，还有巴尼，因为……

“你知道你在干什么吗？”

一连串的声音逐渐消失。空气停止旋转，轻轻地将艾丽斯放回地面。她在那里看见了一个穿着紫褐色棉睡袍的矮胖女人，她头上卷着淡蓝色的卷发筒，脸气得发紫。

艾丽斯吃惊地注视着她。

“我是女舍管，”矮胖的女人郑重其事地说，“我现在命令你把木槌交给我！只敲三下！没人告诉你吗？你现在敲的是火灾警报！瞧瞧你引起的骚动。”

艾丽斯慢慢地抬起头看了看，学生们成群结队地走下楼梯，他们穿着睡衣，有些还拖着被子。

女舍管蛮横地伸出一只手：“小姐，交出木槌！”

但是艾丽斯不想交出任何东西。

那个从不表露情感的艾丽斯。

那个沉默良久的艾丽斯。

锵！锵！！锵！！！

接招吧，女舍管，与你紫红色的脸，你的卷发筒，你的“小姐”和“骚动”！

“上楼，马上！”女舍管一把抢过木槌，大声喊道。

在学生们惊诧的目光中，艾丽斯走上楼。她脸颊通红，头却高高扬起，嘴角还带着一丝微笑。

她的姑妈本想让她活得如同她写的那样。看样子，佩森斯将会得到的，会比她料想的还要多。少校站在书房门口，身上满是小猫。他琢磨着：爱幻想的艾丽斯是否开始显现出惹是生非的天赋？

第九章
超级无敌非常抱歉

杰西几乎一整晚都担忧个不停。他，本年级跑得最快的人，为了打败身形只有自己的一半的人，毫无预警地就开跑了。他越是回想自己的行为，越是讨厌自己。每当他试图从同学们的角度看待自己时，就感到局促不安。

古时候的骑士是不会像他这样行事的。

更糟糕的是，他喜欢艾丽斯。他再次回想起那趟火车。他喜欢他们安静、严肃的交谈方式，喜欢她没有嘲笑他对哥哥们行为的解释，喜欢她对自己糗事风趣大方的承认。他感到他们之间有种联结，他不敢相信自己竟然抛弃了它。

他决定第二天拂晓前，通过共同分担起床号与她言归于好。于是他下定决心要早起，并示范给她看。彻底放松之后，他睡着了，直到艾丽斯猛烈的敲锣声把他和城堡里的其他人吵醒。

现在，他困惑不已，他明明已经告诉过艾丽斯该怎么做了。他没想过她可能根本就不在乎该怎么做——他的大脑不会像那样运转，他决定早餐的时候再跟她讲一遍。但当他来到餐厅时，她已经跟萨米拉和珍妮坐在了一起。

排队去开晨会的时候，他看见她独自一人走在前面。他加快脚步想追上她，然而却又缩了回来，因为弗格斯抢先一步追上了她。

“那个，我想让你知道，昨天的事我超级无敌非常抱歉。”弗格斯跟上艾丽斯的步子，说道，“有时候，我表现得就像个白痴。你问问大家就知道了！我因此而出名呢。但我还想说，今天早上你那锣敲得真是酷毙了。”

只不过是用假火警叫醒了整个学校，这并没有让艾丽斯突然变得健谈或是轻信他人。她满腹狐疑地看着他。

“太酷了。”弗格斯坚持说，接着他突然惟妙惟肖地模仿起了女舍管，“瞧瞧你引起的骚动！交出木槌！”

艾丽斯的嘴唇动了动。弗格斯满意地笑了。

杰西就在他们后面几排看着，怒不可遏。

艾丽斯不知道自己对风暴湖的晨会有何期待，但肯定不是这么无聊，这么普通，就像她以前的学校一样。老师们一个接一个地站起来谈论体育活动和乐团排练。莫拉格讲述了不同的塑料大棚里种植着什么。马多克讲了大型定向越野挑战赛。艾丽斯想起杰西告诉她这个挑战赛时兴奋不已的模样，她朝他瞥了一眼。可当杰西将视线挪开时，她感到自己的心被猛地揪了一下。在火车上的时候，她也很喜欢他。自那以后，也许一切都出错了，但她不记得自己还曾喜欢过谁。

艾丽斯叹了口气，把注意力转回台上，女舍管正在讲家务轮值表。

“并不是说有人真的会做家务。”弗格斯低声说。

少校走上台，寻找志愿者照顾他救助的小猫。

关于小猫，少校有一大堆话要讲。

他讲了牛奶和小猫喝的奶之间的区别。

他花了很长时间讲定时喂食的重要性。

他特别强调了如厕训练。

“喂食之后，猫妈妈会习惯性地舔舔小猫的屁股和肚子，以便刺激它们排便，”他低沉有力地说，“猫妈妈随后会通过吃掉小猫的便便，把它们清理干净。”

“便便是什么？”一个叫埃斯米的女孩悄声问道。她坐在艾丽斯的另一边。

“屎。”弗格斯说。

“什么？太恶心了！让我去做志愿者，没门儿！”

“没门儿！”埃斯米最好的朋友祖祖重复道。

艾丽斯的笑声突然冒了出来，像早上的锣声一样让她惊讶不已。

“是真的，”弗格斯低声说，“便便就是屎。”

“我知道便便是什么。”艾丽斯低声回应道。

啊，努力憋笑的美妙之处！艾丽斯的肩膀在颤抖，她的脸涨得通红，双眼泪水涟涟。而且笑声极具传染性，因为弗格斯笑出了猪叫。他倾身向前，胳膊肘撑在膝盖上，手掌根挤压着眼睛，仿佛这样就能阻止肚子里逐渐增强的阵阵笑声。笑声蔓延至珍妮、阿米尔、萨米拉，直到大部分七年级生都在扑哧扑哧地窃笑，除了埃斯米和祖祖。她们觉得其他人幼稚得让人无语。而凝视前方的杰西则早已被嫉妒吞噬，因为艾丽斯不是和他，而是跟弗格斯一起笑。

于是，伴随着仪式、早餐和晨会，新的一个学期开始了。终于，他们自由了。七年级的学生拖着脚去上数学课，弗格斯立马被分配了超难的练习题。看着数字无意义地跃然于纸上，杰西痛苦不已。艾丽斯礼貌地微笑着，假装认真听讲，实际上却在数学课本里写下了新故事的框架。在这个故事里，奶猫大小的英雄小老虎被魔锣的敲击声召唤，执行了拯救任务。

三个小孩，各不相同。他们都以自己的方式沦为弃儿。他们都在寻找什么，却又不知道在寻找什么。

他们尚未意识到，所寻找的东西也许就在彼此身上。

第十章

我们疯了才会去那儿

亲爱的爸爸：

今天是我来这里的第三周！我知道这好像很不可思议，但是却是真的。

学校生活比预期的好得多。法语老师吉尔伯特夫人其实是位剧作家，法语课上，她让我们假扮成市集广场里的村民。我们必须得说这样的话：Trois carottes s'il vous plait！Je suis un enfant，je ne comprends pas！意思是：请给我三个胡萝卜！我是个小孩，我不懂！这（也许）总有一天会派上用场，但是目前她说我们对蔬菜还不够热情。地理课上，我们大部分时间都在替马多克先生记录看见的野生动物。他其实根本不是地理老师，而是动物学家。他很伤心，因为他的未婚妻跑去哥斯达黎加营救海龟了，也不想跟他结婚了。我不知道这是为什么。昨天在“课堂”（其实是山谷尽头的田野里）上，我数了三只野兔、十二只家兔和一只云雀。他非常满意，还笑了，看上去几乎都有点儿帅了呢。哦，还有艺术课，我们全都得用一种叫靛蓝的青泥涂抹自己，并假扮成一个叫皮克特的古苏格兰部落，与罗马人作战。我们的老师弗劳说我们是一个艺术展，她把我们命名为“民主的失败”。她说这是实验艺术，而且她计划在开放日当天展出我们当中的一些人。开放日那天，我们还会唱歌。全校将一起唱一首叫作《苏格兰勇士》的歌，这是首关于山脉、岛屿和跃动的血液的歌。我们的歌声听起来真的很不错，我尽量不躲在后面。

如果你能来听我们唱歌，那就太好了。

我现在得走了，因为轮到我去农场拾鸡蛋了。这让人有点抓狂，因为母鸡可以自由走动，你必须试着去猜哪里有鸡蛋。到了九年级，我们就可以杀鸡了。

非常爱你的艾丽斯

艾丽斯渐渐喜欢上了这所学校。说实话，弗劳“民主的失败”一课真的让人有点受不了，但是她的课堂总是以大家互扔泥巴结束，感觉就像是一场光荣的解放。一想到要站在一大群家长面前唱歌，艾丽斯着实有些害怕。音乐老师席尔瓦女士还为《苏格兰勇士》增加了巴西鼓，你没法不跟着鼓声一起跳舞。艾丽斯还是不确定要不要扮成法国蔬菜，但她确实很喜欢马多克的课堂，她的笔记本上写满了野兔和家兔的故事。

由于常常待在户外，艾丽斯苍白的脸颊现在变得红扑扑的，她的脸蛋也变圆了。因为跟风暴湖的其他人一样，她永远都饥肠辘辘，所以总是狼吞虎咽地吃掉一大碗粥、汤和炖菜，以及大块的面包，还要配上黄油和果酱。在得知这些食物都是在这个山谷里种植、培育和制作的之后，她品尝起来就觉得更加美味了。虽然不能说艾丽斯变得健谈了——她大概永远都不会变得健谈——但是她的沉默却变得更自在了。她和同年级的大部分同学都相处融洽，而且令人吃惊的是，她居然跟弗格斯成了朋友。他俩继晨会上的咯咯大笑后，没几天又一起去深绿色的湖泊上夜钓。艾丽斯突然滔滔不绝地讲了起来。她编了一个长长的故事，说是水下有一个沉没的世界，他们船下的水草是死人的胳膊，正在摇摆着求救。弗格斯听着听着，吓得血液都凝固了。后来，他甚至做了噩梦。他简直不敢相信她编出了一个这么精彩的故事，艾丽斯也不敢相信自己居然把故事讲给了巴尼以外的人，也不敢相信这样做居然如此有趣。他们已经变得形影不离了。

只有两件事会让艾丽斯感到难过。

第一件事是杰西还是不跟她讲话。她好几次都试图吸引他的注意力，最近的一次是在户外地理课上。过去几周她注意到，杰西最快乐的时候就是在户外被大自然包围的时候。其他的七年级生都把马多克的课当作是放假，而杰西却非常认真，他问了马多克许多关于野生动物栖息地的问题，还问了栖息地是如何变化的，以及自己可以做些什么。随后他便独自离开了，看上去仿佛很清楚自己在做什么。艾丽斯跟在他的后面，正当她紧张地问能否和他一起工作时，弗格斯突然跳了出来。

“别管他，”弗格斯说，“他还在为‘死脑筋队长’的事生气呢。”

艾丽斯（她并不喜欢弗格斯给杰西取的绰号）回答说她并没有叫他死脑筋队长，他为什么要生她的气呢。然而，她却不知道她和弗格斯的友谊让杰西有多崩溃，她不知道杰西有多固执，她也不知道杰西会怨恨多久。

另一件让她伤心的事是巴尼连一封邮件都没回她。

“他还好吗？”她问佩森斯。佩森斯回信说她不知道，她也没有他的消息，甚至不知道他在哪儿。随后，她又刻薄地说道（部分原因是他可能正在欧洲的什么地方潇洒快活，而她却被困在伦敦一间狭小的公寓里；部分原因是她为他没有给艾丽斯写信而生气）：“你知道你父亲是什么样的人。”

这有些自相矛盾，因为佩森斯主要的不满之一正是艾丽斯不知道巴尼是什么样的人，或者至少选择不承认。

而这几乎是一回事。

在第三个周日的清晨，也就是她最近一次给爸爸发邮件的第二天，艾丽斯坐在猪圈的大门上，看着弗格斯打扫猪圈。艾丽斯很喜欢猪，它们粉嘟嘟、胖乎乎的，长长的白毛下长着大块大块的黑斑。她也很喜欢农场，农场破败得恰到好处，乱糟糟的石墙上常常栖息着小鸡或是山羊。花园里长满了醋栗丛，看起来如同鬼一般。为了防止小鸟来偷果子，醋栗丛上覆盖着一层薄纱。然而今天，这些她全都没在意，而是挥动着手机，试图获取一点儿信号。“万一爸爸发来短信。”

三周以来，弗格斯一直看着艾丽斯苦苦等候巴尼的消息。他对巴尼已经产生了强烈的反感，他评论说家长们都很差劲。

“爸爸只是很忙。”艾丽斯说，手里仍旧挥舞着手机。

“好吧，我的父母很差劲。”弗格斯说，“说实话，有时候我在想离家出走是什么感觉。我的意思是，真正的出走，完全消失，全国搜救，还有海报和警察什么的。然后，当他们大声抽泣起来的时候，我就会回来，说着‘我在这儿呢，出什么问题了吗？’那将会是离婚带给他们的教训。”

她好奇地看着他：“会吗？”

“可能不会，”他满不在乎地说，“但是很有趣啊！艾丽斯，放弃吧！到处都没有信号。”

“我只想跟他说说话。”

尽管弗格斯对巴尼很反感，但他却能理解这一点。自从他的父母分开后，他有一百万个问题要问他们。譬如：为什么你们要分开？为什么你们要回德国？为什么你们总去旅行？为什么你们不能带上我？为什么我不能继续住在家里？

“你想跟他说些什么呢？”他问道。

“我不知道！我觉得，就是……我很想念他。”

弗格斯沉默良久，艾丽斯开始感到担忧。

她用手肘碰了碰他。

“我只是在想，”他说，“有一个地方，但只有我们疯了才会去那儿。”

第十一章

小猫咪

“音乐塔楼的屋顶。”他们离开猪圈，开始往学校走时，弗格斯说道，“自从十三年级的卡里斯·米德尔顿从上面掉下来以后，那里就禁止进入了。”

艾丽斯瞪大了眼睛。

“她以前经常上那儿去给男朋友打电话。”弗格斯解释道，“后来他们分手了，她一直哭，哭得什么都看不见了。还好，她落在了窗台上。但问题是她站不起来，直到第二天早上她才被人发现。她差点儿就得了失温症，所以现在那里算是被禁了。”

“怎么个禁止法？”艾丽斯小心翼翼地问道。

“完全禁止进入。”弗格斯兴奋得两眼放光，“而且，那里完全锁住了，我们得拿到钥匙才行。”

艾丽斯抬头看着音乐塔楼。塔楼疯狂地向一边倾斜，上面爬满了常春藤，停满了白嘴鸦，看起来就像她初次在山顶望见的时候一样险恶，事实上，更险恶了，因为那时她是从高处俯视，而现在……

“我做不到。”

“我们不会被抓住的，如果你担心这个的话。”弗格斯向她保证，“我是说，我们很可能不会被抓住。就算被抓了，最坏的结果会是什么呢？他们又不会开除我们，我觉得不会。他们会让我们擦洗塔楼，或是粉刷窗户什么的。”

弗格斯现在兴奋地上蹦下跳。大约一分半钟以前，他真的从未想过音乐塔楼的屋顶。而现在，除了爬上去，他想不出其他更想做的事了。当他们离学校越来越近的时候，他能听见远处传来白嘴鸦呱呱的叫声，这叫声仿佛在召唤他：“上来吧，上来吧，天空可美啦！”

“这就像你讲的湖泊的故事一样，”他哄劝道，“只是恰恰相反——这是一个云朵里的世界！”

“我做不到，”艾丽斯大声地说，好让自己听起来比感觉上更加坚定，“因为太高了。”

“这就是关键啊，”弗格斯和善地说，“这就是为什么那里会有信号。”

“我知道！”一想到巴尼，泪水就刺痛了艾丽斯的眼睛。

“不过……”

“我恐高！”她讨厌承认这一点，因为这让她感到弱小且愚蠢，尤其是当她记起自己曾经是多么的无所畏惧时——妈妈的高山小山羊——但这个问题无法回避。登高对她来说是不可能的。“我会腿软。”

弗格斯停下脚步，凝视着她。艾丽斯，害怕了！这对他来说似乎非同寻常。他回想起她来学校后的第一个清晨，她敲起床锣的方式，惊动了整个学校的人……他接着回想起她到校的那一天，她和杰西赛跑的方式，她好像真的觉得自己能打败他……以及她给他讲的故事——那个故事！想到这里，他不由得打了个寒战。

“我不相信有什么能让你害怕的。”他说。

“嗯，有的。”艾丽斯把一块鹅卵石踢到小路上，“高度。”

弗格斯感到自己的决心更加坚定了，不仅是因为他想——很想——爬上屋顶。还因为此刻，艾丽斯显得十分弱小，而他不喜欢这一点。

“我会帮你的。”他坚定地说，“实在不行，我会拉着你的手。我从没拉过女孩子的手，但是为了你，我可以破例。”

他用胳膊肘捅了捅艾丽斯的肋骨，表明自己并没有自作多情。

“嗷！”

“想想你爸爸！”

艾丽斯倒吸了一口气。她做不到，她就是做不到。

她做得到吗？

突然，就像弗格斯一样，艾丽斯最想做的事就是爬上音乐塔楼的楼顶。

“好吧！”当他准备再次用胳膊肘捅她时，她大声喊道，“好吧！我会试一试。”

“太棒了！”弗格斯笑容满面地说，“那我们开始计划计划吧！”

回学校的路上，他们把各种想法都彻底讨论了一番。

“禁止的那部分很简单，”弗格斯说，“我们等天黑了以后再去，确保没人看见。如果他们看见了，我们就说自己在做额外的音乐练习，老师就喜欢你做些额外的事。那就只剩下钥匙了，少校的书房有一把，他有一整套钥匙，放在类似橱柜的地方。我看见过，在我……”

他停下了。

“怎么了？”

“如果你一定要知道的话，那我告诉你我确实曾经试图逃跑。但是，”他朝茫茫群山挥了挥手，“离开这里并不容易，我走了一整夜才走到停车场，后来开始下雨，我躲在灌木丛下面避雨。之后少校发现了我，把我带了回来。他人很好……我真的不想再说了。这件事除了他，没人知道，现在你也知道了。重点是，他有钥匙。”

“是的！”艾丽斯说，但她总是抑制不住去想弗格斯晚上孤身一人走在大山之中的情景。学校虽然陌生，但却忙碌而快乐，而且总的来说，很安全。而山就截然不同了，它荒僻且不可移动。但同时，山间的风追逐着影子，吹乱了欧洲蕨和帚石楠，山却一直在原地，也一直在变化。

山美丽、恐怖，而对这件事她尚且拿不定主意。弗格斯独自走在群山之中又是什么感觉呢？

“艾丽斯？”坦白之后，弗格斯感到自己十分脆弱，又开始上蹦下跳起来，“少校的书房，我们得闯进去。”

“是的！”她重复道，然后加了一句，“等他不在的时候。”

“吃晚饭的时候？”

“那时候我们也在吃晚饭啊。”

“你应该一早就去，在起床号之前。如果他出现了，你可以说你……”

“什么？”

“糊涂了？迷路了？”

“梦游？”

“或者就是傻了！”

他俩咯咯地笑了起来。他们现在又回到了庭院，正抬头看着少校的窗户。

“小猫咪！”艾丽斯突然说道，“喂食的轮班！我们就这样进去！”

真简单，真是天才！用弗格斯的话说，真是个超级“犯罪计划”。

或许是太阳的光芒穿透了云层的缝隙，或许仅仅是生活中没有什么比制订“犯罪计划”更激动人心，他们突然都感到了前所未有的快乐和兴奋。他们头挨着头，压低声音，一边在泥泞的棕色湖岸边来回地走着，一边完善着他们的计划。他俩兴奋得嘶嘶冒泡。

排上小猫喂食轮班表这个部分很简单。

“它们太可怕了，”负责轮班表的珍妮说，“你得清理它们恶心的猫砂盆，它们会为争夺食物打架。如果你靠得太近，它们就会咬你。”

“但是它们超小的啊。”弗格斯反驳道。

“它们一共有六只呢，”珍妮忧郁地说，“不管你做什么，都不要让它们跑出房间，否则你就再也找不回它们了。兽医下周来给它们打疫苗，希望那时它们能跑出去，然后被狐狸吃掉。”

这并不是个令人愉悦的话题，但是六只小猫同住在一个小房间里，还共用一个猫砂盆，那气味可不大好闻。这是他们走进少校的书房时，注意到的第一件事。第二件事是，到处都没有小猫的踪迹。第三件事是，没有钥匙的踪迹。

弗格斯咒骂着。

“我们先找哪个？那些惹人烦的小猫，还是那把该死的钥匙？”

房间里回荡起一声嚎叫，听起来跟樱桃园水管里的声音没什么不同，也让人联想到了鬼。孩子们吓了一跳，他们背靠着背（如同受到皮克特人攻击的罗马人）环视四周。小猫咪们挠着、叫着从各个方向跑了出来——书架顶上，天花板灯罩上，还有窗帘横杆上。艾丽斯把食物捣碎放进碗里时，小猫们抓挠着她。弗格斯捂着嘴清理猫砂盆时，小猫们啃咬着他。他们其中一人去闩门。

“门怎么开着？”艾丽斯大叫道。

“我以为你关了！”弗格斯尖叫着跟着小猫咪跑了出去。

被抛下的艾丽斯颤抖着把猫碗排成一排。小猫咪们一拥而上，一只……两只……三只……四只……还有一只不见了！

微弱的抓挠声，可怜的吱吱声……艾丽斯竖起耳朵，蹑手蹑脚地在房间里走来走去。抓挠声……吱吱声……书柜！那种老式的独立书柜，玻璃门后放着古老的皮革精装书……

古老的书籍，还有别的……她凑近仔细看了看，一双大理石般圆溜溜的绿眼睛回瞪着她。她伸手去开门时，一张长满小尖牙的粉色小嘴发出嘶嘶的声音。她一打开门，一颗毛茸茸的小子弹就射了出来。她没有理会，因为书柜背后有一块嵌板，嵌板上有钩子，每个钩子上都挂着贴了标签的钥匙……

“艺术教室，”艾丽斯念着，“生物、化学实验室。”

那是脚步声吗？她冲向门口。是的，她能听见声音——一个是弗格斯，说话声异常响亮——这是警告……她跑回书柜……

“餐厅、门厅、法语、地理。”

声音就在门外了……她扫视着嵌板，寻找标注着音乐或者塔楼的钥匙……

两个都没有。门把手在转动了，他们马上就要进来了。机会没了！一个词就在艾丽斯的意识之外跳跃，一个她怎么都想不起来的词——城堡或塔楼的另一个叫法——是什么来着？

“它们确实会乱跑，”她听见少校说，“但是你抓住了它，干得不错！现在，小心点。这个小淘气，我想留住它！”

“主塔！就是这个词，钥匙就在那儿！”艾丽斯伸手把它从钩子上取下。

当少校和弗格斯走进房间时，他们只看见艾丽斯在温柔地训斥一只小虎斑猫。艾丽斯微笑着，仿佛她天生就是做这个工作的。几句关于小猫的适当措辞-——太可爱了！毛茸茸的！不，不，那不是抓伤！——之后他们强忍着笑，肩并肩离开了，艾丽斯口袋里的钥匙沉甸甸的。

少校独自一人待在书房。他抱起一只虎斑猫放在肩膀上，然后若有所思地看着打开的书柜。

第十二章
叮！

一开始，艾丽斯一点儿都不怕。

她和弗格斯在黑暗中摸索着爬上主塔狭窄的螺旋楼梯。为了安全起见，他们紧紧地抓着绳索护栏，但她几乎不需要。做着禁忌之事的兴奋，加上与巴尼通话的期待，已经驱散了她对眩晕的所有恐惧。他们向上爬，经过三层上锁的音乐教室，没有撞见一个人。顶楼的一个房间里亮着灯，有人在练习拉小提琴。艾丽斯和弗格斯愣住了，他们屏住呼吸，蹑手蹑脚地登上楼梯平台后面的楼梯。这段短短的楼梯通向一扇有门栓和挂锁的活板门。

拉小提琴的是杰西，但是他们现在还不知道。

自相思成疾的卡里斯的不幸遭遇之后，活板门就被用油漆封住了，很难打开。艾丽斯和弗格斯尽可能小声地捶击着门，他们想歇斯底里地大笑，但又生怕会被发现。当窗格松动后，油漆突然噼啪裂开。他们踉跄了一下，然后立马抓住缺口以免摔下楼梯。一堆枯叶从活板门那边倾泻过来，飘落到周围的地面上，他们赶紧用手臂抱住了头。

“天上的精灵发来的信息！”弗格斯低声说，“你觉得呢，艾丽斯？或者是溺亡者的灵魂终于从湖泊中解脱了？”

她翻了个白眼，轻轻地把弗格斯推到活板门里。

“哇，哦！”他把脸转向天空，轻声说道，“哇哦，哇哦，哇哦！”

他转向艾丽斯。“你需不需要……我现在是不是要拉着你的手？”

但是艾丽斯已经进来了，她站在他旁边。

在地面上的时候，她没有想象过站在屋顶上的感觉会有多疯狂。地面上，风声微弱得如同耳语一般。而屋顶上，狂风呼呼地刮着，打着旋儿。风拽松了艾丽斯的发辫，吹得格子校裙不断拍打着她的大腿。她学着弗格斯的样子仰起头，浓密的灰云带着雨的气息从空中掠过，看上去仿佛触手可及。

“天啊，我觉得，”她回答着弗格斯之前的问题，“我是说，那些云。雨是云在湖中跟世界交谈的方式。”

从她所站的位置，艾丽斯可以看见主塔周围的树顶。树木前后摇摆发出沙沙声，听起来如同海潮的涨落。白嘴鸦就好像内陆的海鸥，它们的巢像小船一样起伏颠簸。

太美了，太壮观了。每个人，艾丽斯出神地想着，都应该在屋顶待一会儿。

“你有信号了吗？”

弗格斯的声音把她带回了现实，她从口袋里拿出手机，然后皱起了眉头。

“没有。”

他从她身旁跳开，向屋顶边缘走去。

“这里有个窗台，我觉得卡里斯就是从这儿摔下去的。”

艾丽斯想都没想，就迈步离开活板门，向弗格斯走去。

她依然想都没想，就朝下看。

从这儿看，塔楼的倾斜更加明显。楼顶急剧地从她这边向一堵约半米高的防护矮墙倾斜过去。弗格斯坐在防护矮墙上，他的身后空荡荡的，他的脚下空落落的。

艾丽斯一边想着自己怎么会觉得这样没问题，一边开始感到天旋地转，她的胃里一阵翻腾。她设法让呼吸平稳下来。

“艾丽斯，你还好吗？”

离地那么高！她闭上双眼，突然感到了阵阵晕眩。她强迫自己睁开眼睛，然后赶紧坐下，拿出手机。

“你帮我看。”她命令道。

弗格斯犹豫了。艾丽斯的眼睛向后翻，身体在摇晃。他能看见她的膝盖在颤抖。如果晕眩是这副模样，那他可一点儿都不喜欢。“我觉得，或许我应该带你回去。”

“我没事，真的！”她设法挤出一个笑脸。

“你看上去快要晕倒了，或是快要吐了，甚至快要死了。”

“我不会死的，我保证……赶紧看吧，快点儿。”

“什么，如果有信号的话，难道你要给你爸爸打电话吗？艾丽斯，你连站都站不了！”

尽管恶心感涌了上来，她仍旧递出了手机。弗格斯一边默默地咒骂巴尼，骂他不回邮件，一边从矮墙上溜下来，接过手机。接着，他抬身又坐了上去，双脚悬在外缘。艾丽斯呻吟着用双臂环抱自己。

“没有，”弗格斯说，“一格信号都没有。我可以试着站起来，看看能不能收到信号，但是你得拉着我的外套才行。我可不想像可怜的卡里斯一样摔下去。”

“这一点儿都不好笑。”她哑着嗓子说。

艾丽斯拖着脚走到边缘，她的眼睛几乎完全是闭上的。她一把抓住弗格斯的校服，弗格斯吃力地爬起来，努力不去想如果他死了就是艾丽斯的错。

风越刮越大，天空开始下起了绵绵细雨。

“别滑倒了。”她紧闭双眼低声说道。

“相信我，我可没打算……”

叮！

艾丽斯突然睁开眼睛。一个未接来电！肯定是巴尼——她确信一定是巴尼——还能是谁呢？

叮！叮！

三个未接来电！

叮！

“把手机给我！”她扑了上去。弗格斯猝不及防，向后退了一步，在矮墙的边缘摇摇晃晃。他尖叫着，紧紧地抓住艾丽斯……

白嘴鸦们从睡梦中惊醒，纷纷拍打着翅膀从巢里飞了出来。

叮！

第五条提示音响起时，艾丽斯的手机以一个完美的弧线，飞过他们的头顶，落入了昏暗的暮色之中。他们愣住了，艾丽斯在屋顶上紧紧抱着弗格斯的腿，弗格斯在矮墙上紧紧抓着艾丽斯的肩膀。在那绝望而又充满希望的一秒钟，他们以为手机会掉回屋顶上。弗格斯一只手松开艾丽斯，另一只手伸向天空。然而手机却像铅块一样坠落下去，掠过了他们，掠过了相思成疾的卡里斯在寒冷中含泪待过的窗台，最后在少校脚下摔得粉碎。

第十三章
我们不是有意要杀您

如果你私下问杰西，这个世界上他最讨厌什么，他会毫不犹豫地告诉你是小提琴。

他知道小提琴应该发出什么声音。假期时，他的父母曾带他去音乐会听小提琴演奏。那个小提琴手以速度闻名，他拉起琴来你根本看不见琴弓。杰西不相信人可以拉得那么快，但这却是真的。之后，他的母亲说，她想象中天堂里的天使就是这么演奏的。他的父亲有点儿过于热忱地补充道："杰西有一天也会拉得那么好。"杰西感到沮丧极了，因为他知道不管怎么努力，他永远都赶不上那位拥有天使之弓的小提琴手，甚至比不上考了八级就放弃拉琴的杰德和杰里米。杰瑞德跟他们不一样，他去管弦乐团演奏了。

杰西五级都没考过。

两次。

但他必须试一试。杰西就是这么做的。

所以今天晚上，他没有偷偷跟萨米拉在公共休息室看恐怖片，没有跟珍妮和阿米尔一起去湖边钓鱼，也没有跟泽布和其他大部分七年级男孩们一起踢足球。杰西待在了主塔顶层他常去的练习室里。他的琴弓刮擦着琴弦，听起来就像是少校的一只愤怒的小猫发出的声音，但这没关系。他告诉自己（语气并不太肯定），总有一天，他会演奏得如同天堂里的天使一样好。

他不停地拉着琴，直到艾丽斯和弗格斯跌跌撞撞地走进练习室。

有时候，一旦被中途打断，就很难再继续了。

“把我们藏起来！”弗格斯小声说。

杰西拉到一半停了下来。

“求你了！”艾丽斯恳求道。

杰西放下小提琴，他觉得她可能要哭了，就问道：“你们遇到麻烦了吗？”

“当然了，”弗格斯仔细瞅着一个壁橱说，“要不然我们怎么会在这儿啊？艾丽斯，我们可以躲在这里面。呃，好厚的灰呀——谁负责打扫这里的卫生啊？杰西，继续拉！”

“拉……拉什么？”杰西结结巴巴地说。

“你以为呢？”弗格斯翻了个白眼，把身后的艾丽斯拉了进去，“当然是拉小提琴啊！”

“谢谢你。”艾丽斯低声对杰西说，但是弗格斯已经关上了门。

喵——喵！嘶嘶！刺啦刺啦！杰西拽着琴弓滑过弦，双手止不住地颤抖。他演奏得比以往还要糟糕。橱柜里，弗格斯恐怕正无声地笑得浑身发颤。

“他的琴声听起来像是什么东西快要死了。”他低声说。

“对他好点儿，”艾丽斯苦恼地说，“弗格斯，我的手机！”

弗格斯深吸一口气，试图让自己镇定下来。

“看起来不太妙。”他赞同地说。

“你有没有看到那些未接来电是谁打来的？”

“天很黑！”他抗议道，“那时我还挂在屋顶上呢！啊——嚏！”

他大声地打了个喷嚏。

外面，杰西的演奏暂停了。他们愣住了，演奏又继续了。

弗格斯呜咽一声，设法把第二个喷嚏憋回去。

“都怪灰尘！”

“捏住你的鼻子！”艾丽斯低声说，“嘿，我来吧……”她在黑暗中摸索着他的脸。

“那是我的眼睛！”

“对不起！这是你的鼻子吗？”

“是我的耳朵！”

“你确定你没看见那些未接来电是谁打来的？”

杰西的演奏又停止了。

整个过程不到一分钟。

“杰西！”少校满面笑容，仿佛杰西是这世界上他最喜欢的人，“又在练习呢？”

杰西语无伦次地嘟囔着。

“好极了！帮帮我。我正在寻找一对不法之徒。”

“不法……什么？”

“罪犯，做坏事的人。”少校把音量降到密谋时低语的程度，“逃犯。你见过这样的人吗？”

“没有。”杰西哑着嗓子否定道，但是他的眼睛瞥向了橱柜。

“啊！”少校轻轻地敲了敲柜门，说道。

不法之徒出来了，他们尴尬地红着脸，还有点儿想打喷嚏。少校的脸上又堆满了笑容。

“捣蛋鬼！”他大叫道，“幸好没受伤，不像这个。”

少校把手机残骸递过来时，艾丽斯倒抽了一口气。

“恐怕从高楼上扔下一个易碎品，这是无法避免的后果。”艾丽斯接过手机，少校接着说道，“完全无法修复了。不过情况有可能更糟。它可能会砸中我，谁知道之后我们都会在哪儿呢？我的话，可能已经死了。而你们呢，会因过失杀人而受审。”

“我们不是有意要杀您，先生。”弗格斯咕哝着说，“对吗，艾丽斯？”

但艾丽斯只是盯着手机。

“可以把楼顶的钥匙还给我吗？”少校亲切地询问道，“我发现它不见了。如果想过上成功的‘犯罪’生活，你们必须学会预见这种细节。”弗格斯把钥匙给了少校。“谢谢你，弗格斯。那么现在，最迫切的问题来了！这一切不当行为的后果应该是什么呢？在古代，他们会把小偷的手砍掉——别这么惊慌，杰西！我当然不会这么做。那么，让我想一想……”

少校在练习室里踱来踱去，他庞大的身躯填满了这个狭小的空间。他们贴墙站着，紧张地看着他。

“有了！”少校拍了拍手，把他们全都吓了一跳，“完美的结果！我要把你们三个组成一队，去参加大型定向越野挑战赛！”

“但我没做错什么啊！”杰西大叫道。

少校的眼神突然变得冰冷：“你对我撒谎了，杰西。”

杰西的脸唰地红了，他不好意思地盯着地面。

“这是个完美的结果，”少校重复道，“或许是有史以来最好的。现在，我看到了一架钢琴，我已经很久没有练琴了。你们走吧，去找些其他的消遣。据我所知，七年级的休息室里正在放映一部极其不合法的电影。不然的话，你们还可以试试钓鱼。我要弹奏拉赫玛尼诺夫了。”他把手指关节弄得噼啪作响，“你们还在等什么？快去吧！”

一连串音符迸发了出来，他们离开了。

杰西跑下螺旋楼梯，不顾台阶又陡又滑。他愤怒至极。

大型定向越野挑战赛！这学期他唯一期待的事情！弗格斯会毁了它的——他知道他会的！弗格斯总是毁掉一切。

弗格斯则以更悠闲的步伐跟在后面，惊讶于自己这么轻松就逃脱了。艾丽斯轻轻地捧着手机跟在后面。

少校笑了，他很少对自己感到如此满意。他知道这个结果触发了一些事情，他期待着去发现到底是什么事情。

在另一个国家的某个地方，巴尼再次尝试给他的女儿打电话，他有一个紧急的消息要告诉她。

第十四章

就像没有鳄鱼的沼泽

大型定向越野挑战赛的第一次训练演习是在接下来的这周周六的早上。马多克因为教授地理，认识地图，所以由他来负责。早餐后，他把七年级学生召集到大礼堂，给他们下达指令。

“今天你们要玩夺旗游戏。”他告诉孩子们，“有三面旗帜插在周边乡村的三个不同位置，你们将会被分成三组，每组又会被分成几队，每队都会得到一面旗帜的坐标。最先拿回自己旗帜的队伍获胜。还有什么问题吗？”

“坐标是什么呀，先生？”达菲问道。

马多克自年初起就和学生练习地图坐标了，他开始感到忧虑。

“有人记得吗？”他问道。

杰西的手唰地举了起来。

“地图坐标指的是一个方位的经度和纬度。”他背诵道，“经线垂直于赤道，纬线和赤道平行。地理坐标系使地球上的每一个位置都能用一组数字、字母或符号来标明。”

“非常好，杰西！我很高兴课堂上有人听讲。”

马多克的称赞让杰西不太习惯，他的脸红了。马多克觉得稍稍有点希望了，于是他告诉学生们出去的时候带上生存包。

“你们会在里面找到地图、指南针、水和午餐。橙色雨衣挂在门边，要一直穿着。我重复一遍，一直穿着，哪怕没有下雨。”

“以防我们迷路，”珍妮向一脸困惑的艾丽斯解释道，“这样在我们暴尸荒野之前，他们凭借雨衣很容易就能找到我们。”

“人们的确会经常迷路，”萨米拉补充道，“去年就有人摔断了一条腿，他们不得不派了架直升机来。挑战赛比你想的要难得多。”

艾丽斯害怕了，她瞥了杰西一眼。这一次，当她捕捉到杰西的目光时，杰西没有把视线挪开，他只是微笑着摇了摇头，仿佛在告诉她不要理会珍妮和萨米拉，一切都会没事的。艾丽斯微微一笑，松了口气。弗格斯看着这一幕，心里生出一阵嫉妒。

下了一周的雨，终于出太阳了。顽皮的微风吹着云朵匆匆掠过淡蓝色的天空。尽管对弗格斯加入队伍心存疑虑，杰西依然情绪高涨。在音乐塔楼事件发生后的一周里，关于怎么进行今天的训练演习，杰西想了很多。他的第一个想法是乞求少校把他和弗格斯分到不同的队伍里，但他几乎百分百确信那是行不通的。于是，他发邮件给杰瑞德（他哥哥里最不讨人厌的那位）寻求建议。杰瑞德的回复很明确。

“当老大，弟弟。掌控局势。”

他故事里的骑士也会这样做的。

马多克发放坐标的那一刻，杰西做梦也想不到自己可以如此颐指气使。他宣称自己会规划路线，他们只用跟他走就行了。他静静地研究地图时，他们等在一旁。然后他点点头，把地图放进口袋。他说有一条很明显的路线，其他组肯定会选。而他，杰西，可以做得更好。

“各就各位，预备，跑！”马多克一宣布训练开始，杰西便催促着艾丽斯和弗格斯赶在其他组之前穿过狮鹫大门。接着，刚来到第一个急转弯，他就把他俩拉到杜鹃花丛后。

“干吗？”弗格斯抗议道，“好疼啊！”

“捷径！”杰西低声说。

他们蹑手蹑脚地跟着他穿过树林，厚厚的松针地毯消掉了他们的脚步声。

再往前一点儿，进入灌木丛，便是一条小径。这条小径仅一人宽，蜿蜒地穿过松树林。杰西一边走，一边核对地标——一栋废弃的小屋，一个池塘，一条给池塘供水的小溪。正如他计划的那样，他们正往东北偏北方向走，他突然感到一阵兴奋。地图对杰西的影响力，如同故事对艾丽斯一样。他看地图就像大部分人看书，只不过他看见的是真实的景观，而他的同学们看见的只是纸上的线条。地图改变了他看待周围世界的方式，他对此相当喜欢。在寻找线索确认方位的时候，他看见了许多原本会错过的东西——一个小小的鸟巢，一个獾穴，一条毛毛虫……

他抬起手示意他们停下。

“又怎么了？”

“上面，那根树枝上！”

艾丽斯惊讶地倒吸了一口气，开心极了。

耳朵长着一簇毛，眼睛如同黑色大理石，尾巴呈羽状，身体是栗色的，四只小爪子紧紧地抓着松树的树干，头朝下面向他们，鼻子和胡须颤动着……

这是她见过的最可爱的东西。

“红松鼠，”杰西低声说，“你在南方是见不到的。反正几乎从来都没有，但苏格兰还有。”

艾丽斯内心深处的记忆被唤醒了，不是一只真正的红松鼠，而是在樱桃园的花园里跟妈妈读的一本图画书。妈妈说：“当我还是个波兰小女孩的时候，我们的花园里有一对红松鼠。它们十分温顺，总是趁我们在户外吃饭的时候来餐桌偷东西吃。”在那之后的几个星期里，艾丽斯每一顿饭都在户外吃，希望能拥有一只属于自己的红松鼠。有那么一瞬间，艾丽丝看见妈妈和他们一起走在树林里。妈妈在草坪上翩翩起舞，微风吹起她乌黑的长发。她笑着，唱着：“来跟我一起跳舞吧，小鸽子。”

“小鸽子”是她对艾丽斯的爱称。

艾丽斯眨了眨眼睛，当她再看的时候，妈妈已经不见了。但红松鼠仍在原地，它大理石般的眼睛直直地盯着她，仿佛是被她妈妈派来的。

手机摔碎之后，艾丽斯第一次笑了。

弗格斯又产生了一阵嫉妒。

就像许多非常聪明的人一样，弗格斯不觉得自己的天赋有什么特别的。相反，虽然他永远都不会承认，但他嫉妒杰西拥有他所没有的东西——杰西的帅气外表，杰西的温柔善良，杰西的体力。他嫉妒杰西拥有那样的家人，他嫉妒杰西有总是一脸幸福、平静的父母，他甚至嫉妒杰西有无情且爱戏弄人的哥哥们。每逢开放日，他们都会吵吵闹闹地来到学校，没完没了地拥抱和拍打他们最小的弟弟，爱意满满。

弗格斯的家人只有他的父母，而且他俩为了避免碰面，从没在开放日来过。

过去，他嘲笑杰西死板地遵守学校的规定，以此来应对自己的嫉妒，但今天不同了。今天，“死脑筋队长”表现得像个首领，就连艾丽斯都忍不住对他微笑。

艾丽斯是弗格斯的朋友，她无权对杰西那样笑。

“我还以为我们赶时间呢！”他大声地说。

红松鼠受到惊吓，扑了出去，它从他们头顶飞过小径时，有几秒钟，他们看见了它在一小片天空中全速滑行的样子。接着，它落在地上，消失不见了。几根摇晃的树枝是它曾出现在那里的唯一证据。艾丽斯依然一动不动地站在原地，盼着能再瞥见它一眼。杰西等着她，而聪明的弗格斯则继续前进。弗格斯热血沸腾，时刻准备着做些非常愚蠢的事。

他们走出树林时，小径变宽了，环着绿草地绕了一个大圈。草地郁郁葱葱的，上面还点缀着黄色的小花。杰西停下来给他们看地图。

“我们沿着草地边的小径走，”他说，“之后我们开始往上爬。这些环形线条很密，意味着这是一座非常陡峭的山。山的另一边有一个山谷，旗帜就在那里。”

“谁说的？”弗格斯问道。

杰西皱了皱眉头：“地图说的。”

弗格斯的脑海里有个小小的声音在说他是个白痴，但他不听。

“我觉得如果你想节省时间，就应该直接从草地上走过去，”他郑重其事地说，“我觉得地图是错的。”

“地图从来都不会错！”杰西抗议道。

但是在弗格斯这种情绪下，杰西没法和他讲道理。

“我们来赛跑吧！”弗格斯大喊一声，撒腿就往草地上跑。

“弗格斯，别跑！”杰西大喊道，“弗格斯，回来！”

但是弗格斯已经跑了起来。

他刚跑到草地中间，双脚就直接陷了进去。

“发生了什么事？”艾丽斯大叫道。

“那是片泥沼，”杰西板着脸说，“他被困住了。”

“泥沼？”

“就像没有鳄鱼的沼泽，总是有人淹死在里面。”

艾丽斯跑了过去。

“回来！艾丽斯！天啊！……艾丽斯，等一等！”

“我们得把他救出来！”她大喊一声，接着便毫无预兆地陷了进去，泥巴一下子淹到了她的膝盖。

嗖！杰西追了上去。他抱起艾丽斯，把她和自己先后摔在了地上。

“我们必须分散自己的重量，这样才不容易沉下去。”他解释道，“要不然，我们都会被困住的，然后……”

“泥没过我的膝盖了！”弗格斯哀号着不停挣扎。

“别乱动！”杰西大声喊道，“我来了！”

“然后呢？”艾丽斯问道。

“然后，我猜除非他们找到我们，否则我们都得死。现在，你能把你自己拖回小径上吗？拜托，我得帮助弗格斯。”

她趴在地上，在臭烘烘的泥沼里爬行，冰冷的泥浆从她防风雨衣的领子和袖口钻了进来。她爬啊爬啊，直到感觉自己爬到了干燥的地面上，才停了下来。她气喘吁吁地看着杰西朝弗格斯爬去。弗格斯已经不再拼命扭动，而是听从指示——先是慢慢地，慢慢地抬起一条腿，然后往后退了一步，接着又抬起了另一条腿。他像杰西一样平平地趴下，然后和杰西一起吃力地拖着自己的身躯爬回到小径上，最后喘着粗气倒在艾丽斯身旁。

“这就是为什么，”杰西说，“你们要完全按照我说的去做。”

第十五章

国王与女王

“我们继续前进。”当弗格斯又能说话了，他说自己感觉不太舒服，能不能回家时，杰西严厉地说道。

“太冷了。”艾丽斯试探地说。

杰西一边提醒自己要做老大，一边设法让牙齿停止打战。

“走起来就会暖和了。”他说道，“而且弗格斯也没什么事。现在，我正在努力把我们丢失的时间赶回来，你们都给我闭嘴。”

湿漉漉、脏兮兮的艾丽斯和弗格斯一身是泥，满面羞愧，他们的衣服在阳光下微微冒着热气。艾丽斯和弗格斯温顺地坐在一块巨石上，吃着潮潮的、沾了一点泥巴儿的三明治，而杰西则研究着地图。

“还有另一条捷径，”他宣布，“看到这里这条小径了吗？我想如果我们不走这个大圈，而是爬上这些岩石，应该能节省二十分钟。不过这些岩石又高又陡。”

提到又高又陡的岩石时，弗格斯瞥了艾丽斯一眼。她扬起下巴，拒绝看他。她一下子站了起来，从挂在脖子上的塑料钱包里扯出地图，又从口袋里掏出指南针。她断定这是她的机会，向杰西表明她想和他交朋友，开学挑战赛的事已经翻篇了。

现在不是头晕的时候。

“走这边。”她宣布完就朝着错误的方向出发了。

杰西叹了口气，伸手拿过她的地图，颠倒过来，指向相反的方向。

“你确定吗？”她问道。

他瞪圆双眼，说道：“指南针从不说谎。”

岩石很高，也十分陡峭，但是艾丽斯一直深呼吸并直视着前方，所以感觉还好。她或许会在某个时刻开始大叫，而他们必须拉着她的手，她则祈求他们继续走别管她，任她自生自灭。接着杰西可能会发脾气，说只有全队都到了才能赢，所以她最好还是不要死。弗格斯也许会讽刺杰西出色并富有同情心的领导力，这可能会导致杰西再次大声喊叫。但他们做到了。他们抵达山顶时，山顶平坦宽阔，足以使艾丽斯感到脚下的大地坚实而稳固，并且还拥有三百六十度豪华山景。好吧，这绝对是值得的，因为世界就在他们脚下，他们觉得自己就像是国王与女王。

在他们脚下远处的草堆里，飘动着一面无人认领的蓝白校旗。但是杰西却没有向它走去，他反而从口袋里拿出双筒望远镜，观察一只从头顶飞过的老鹰，然后他把望远镜递给了艾丽斯。

在这样的地方，你可以成为英雄，他出神地想。

艾丽斯透过望远镜看见了另一支队伍——从北边来（或者东边——她不太确定），他们穿过平地，缓慢地稳步接近旗帜。

“杰西！”她尖叫道，“跑！”

啊，他跑得多快呀！滚下山坡，冲过帚石楠，跳过小河，他满是泥污的雨衣在身后鼓起。另一支队伍发现了他，也开始跑了起来。但面对杰西，他们毫无胜算。杰西现在像只羚羊一样跳跃着奔向他的奖品。

他从地上拔起旗子，在空中挥舞起来。他太兴奋了，都不觉得累，又朝队友跑了回来。他们也向他飞奔而去。他们拥抱，击掌，相互拍打，尖叫着大喊：“我们赢了，我们赢了，我们赢了！”

真好啊，快乐如此简单。

他们脏兮兮、臭烘烘、汗淋淋地朝学校走去。虽然潮湿的袜子把脚后跟磨出了水疱，但是他们很开心，因为他们赢了，宇宙都站在了他们这边。

今天的湖水是紫色的，顽皮的波浪如同紫水晶一般。艾丽斯驻足欣赏，然后迈着沉重的步伐爬上楼梯，回到自己的房间。她的身后留下了一连串干掉的泥巴。她要去洗个澡，把身上每一寸泥土都清洗干净，接着她要去楼下吃茶点，她要放开肚皮，吃掉许多许多的蛋糕和小圆面包。之后，法语课上还有更多的关于蔬菜的知识要学，还有一些数学练习要做。晚饭后（她确信自己饿得能吞下一匹马），她会和萨米拉一起看一部电影，或是跟弗格斯一起去看新出生的猪宝宝，或者只是读一本书。所有的这些都是不错的选择。

自从来到这里，这是她第一次意识到自己不想去别的地方。

而这一切都表明了宇宙对时间的把握非常有讽刺性。因为当她终于回到房间时，一封来自巴尼的信正在书桌上等她。

第十六章

茵尼斯弗利岛

艾丽猫：

苏格兰怎么样？下雨了吗？我记得那里总是下雨！

你猜怎么着？我要来看你了！佩森斯姑妈说她要去参加开放日，我会跟她一起去！我已经在擦皮鞋啦！（开玩笑的——你知道我总是穿运动鞋！）

乖乖的，艾丽猫——如果你做不到，别被抓到哟！

亲亲。

爸爸

另外，你应该很快就会收到一个来自意大利的包裹。别打开！这是个秘密！

罗马

5月10日

隐秘山谷

风暴湖学院

艾丽斯·米斯尔思韦特

苏格兰

PH36 4LN

无论如何，这都不是一封令人满意的信。事实上，这根本就不是一封信，只是张明信片罢了。一面是巴尼简短的信息，另一面是一张图片。图片上，一个巨大的裸体雕像正在朝喷泉里撒尿。这张明信片已经贴好了邮票，写好了地址，然而却莫名其妙地被放在一个信封里，贴上另一张邮票，寄了过来。艾丽斯读了两遍，随即便盯着图片，仿佛那个正在撒尿的雕像包含了一些她无法理解的隐藏信息。

但它没有。

巴尼，来风暴湖，参加开放日！再过不到一周，他就会在这里，而她可以带他参观一切——她的小房间、农场、主塔、城堡……她可以带他去马多克的田野，他们在那里数过野兔和家兔，他们可以去找红松鼠，可以去湖上划船……她可以把他介绍给她的朋友……

那么，她为什么没有兴奋地在房间里手舞足蹈呢？

或许，如果明信片不是今天在她这么高兴的时候寄到的话；或许，如果与艾丽斯闲聊式的长邮件相比，他的信没有这么短的话；或许，如果他记得艾丽斯也跟他提过许多次关于开放日的事……或许那样的话她会欣喜若狂。结果现在，她只是……很困惑。

她把明信片塞进笔记本里，再把笔记本整整齐齐地放在书桌正中央。她坐下来注视着笔记本，身上还穿着满是泥的脏衣服……她打开笔记本，读了几行她新写的故事——关于淹没在湖里的村庄……她拿起一支铅笔，想写些什么，但一个字都写不出来，于是放弃了。

巴尼，来风暴湖！

她不知道该怎么看待这件事。

第二天，从意大利挂号邮寄的包裹到了。一个黄色牛皮信封袋，用棕色的胶带缠得紧紧的。她把包裹拿回房间，然后跟它一起躺在床上，努力猜测里面是什么。巴尼旅行时带回来过很多礼物：西班牙塞维利亚的蕾丝扇、肯尼亚的大象雕刻、印度的木偶、意大利的糖果……她不知道这次会是什么。包裹的重量约等于一小本精装书，像气泡垫一样软软的。但是在这软软的触感里，她摸到了一个小方盒一样的东西。突然，想到要保密和那封简短的信，她生气了。于是，她跑去隔壁宿舍，找珍妮借了把剪刀。她把刀刃滑到了棕色的胶带下面，差点儿就要打开了，但她却停下了。

“这是个秘密！”他写道。而她不想破坏这份惊喜。

她把包裹收了起来，放进书桌抽屉里，并设法忘了它。

一方面，这是种遗憾。如果打开它，就能避免不少的心碎、危险和背叛，以及我前面提到的濒死体验。

另一方面，打开它，这就会变成一个完全不同的故事了。

开放日前的一整周都是阳光灿烂的天气，越来越多的老师把课堂搬到了室外。马多克组织学生在黎明时分徒步去山谷口寻找兰花；生物老师巴斯比带学生到湖泊的浅滩找寻蝾螈，蓝色的湖水波光粼粼；而一向乐观的少校则决定开放日应该在户外举办。于是，他们支起了一个大帐篷用于野餐和茶点，还搭建了一个户外舞台用于娱乐项目。抹着青泥的“民主的失败”的排练，以及增添了巴西鼓的《苏格兰勇士》的演唱，都被挪到了玫瑰园。一夜之间，玫瑰园里绽放出绚丽的花朵。化学老师劳伦斯教授一直在完善她的白昼烟花，她划着船去到湖中央演练，在那里燃放了三支烟花，烟花在蔚蓝的天空下划出了完美的粉色、橙色和绿色的弧线。对于没有暑期考试的七年级生来说，这感觉就像是放假一般。然而艾丽斯还是对巴尼的信耿耿于怀。

在一个炙热的周三下午，教授文学课的金特龙博士带着七年级学生去湖边上诗歌课。船队划着船出发了。燕子掠过，时不时沾一下附近的水面。他们划到湖中央，船头相接，每艘船都被拿着桨的学生固定在相邻的船上，形成一座浮岛。金特龙博士郑重其事地说：“现在我要背一首诗！《茵尼斯弗利岛》，来自爱尔兰的天才——叶芝！”

“什么，在这里，先生？”泽布问道。

“没错，这里！你会发现这个地点有多么合适！现在，请注意！我会试着把声音放开，但是摇摇晃晃地站在水面上，这可不太容易。”

金特龙博士的父母是匈牙利移民，他从小看英国古典名著长大。对他来说，诗歌是件严肃的事。金特龙博士从一个小划艇上站起身来，他闭着眼睛，头向后甩，摆出一个夸张的姿势，孩子们全都凝视着他。弗格斯用胳膊肘戳了戳杰西。“摇船。”他做着口型无声地说。自从赢得了练习赛后，杰西对弗格斯的好感增加了，但他仍然不赞成他的提议，说道“不行”。金特龙博士睁开眼睛，背起诗来。

> 我就要起身走了，到茵尼斯弗利岛……

这是首美妙的诗歌，讲述了诗人想要去湖中的一个小岛上建屋子，种豆子，养蜜蜂，听鸟儿和蟋蟀的叫声。金特龙博士凭着记忆，流利地背诵了这首诗。艾丽斯听得入了迷。

> 我听得湖水在不断地轻轻拍岸，
> 不论我站在马路上还是在灰色人行道，
> 总听得它在我心灵深处呼唤。[①]

背诵完毕，金特龙博士注视着湖泊和群山，好像从未见过它们似的。“总听得它在我心灵深处呼唤。”他喃喃地说，“诗中还有比这更美的诗句吗？叶芝在远离家乡的伦敦写下了这首诗，写的是他热爱的一个湖中小岛。‘总听得它在我心灵深处呼唤’这句诗说的是，我们的心会设法告诉我们一些事，只要我们能停下来倾听……”

---

① 引用译文为飞白所译。——译者注

他看见艾丽斯正看着他，便微微一笑。

“家庭作业！根据‘心灵深处以及你倾听时听到了什么’写五百字。叶芝的诗歌是关于渴望的——对家的渴望，对美的渴望，尤其是对和平的渴望。你们渴望的是什么呢？”

有人说：“渴望格拉斯哥流浪者队赢得英超冠军。”大家全都笑了。

“不不，”金特龙博士说，“我不是问你想要什么，我问的是：你渴望的是什么？”

艾丽斯看了看周围陷入沉思的同学们，试着猜测他们的答案。比如，她知道，萨米拉有个病重住院的姐姐。如果艾丽斯是萨米拉的话，她最最渴望的莫过于姐姐能够好起来。还有达菲，他因自己太矮而狂躁发怒，她都听到过不知多少次了，她完全可以想象他多么渴望自己能长高。她知道尽管弗格斯从来不提，但他渴望他的父母能够复合。她也早就猜到，杰西渴望能拥有一个值得骄傲的天赋……

她渴望的是什么呢？

从来都无法严肃太久的弗格斯突然大声喊道：“打水仗！”然后用桨朝泽布泼水。泽布探出身子想要泼回去，结果却不小心掉进了湖里。接着达菲因为过于兴奋也跳了进去，随后有人把埃斯米也推了下去。最后，全班都在水上晃动，也包括金特龙博士在内。在一片混乱和欢乐之中，艾丽斯已然忘了她的问题。但后来做作业时，她坐在书桌前，盯着自己写的东西看了很久。

从前，在一个种满树的花园里，有一栋老房子。一个小女孩和她的家人就住在那里，她的妈妈每晚都会给她讲故事。下雨天，有时她们会一起烘焙，用的是妈妈离开家乡时带的家族食谱。夏天，小女孩从卧室里伸出手就可以摘到樱桃。房子的顶层全是阁楼，她的姑妈可以在那儿画画，她的爸爸给她做了一个秋千。大家都很爱她，她感到无比的安全。

我的心灵深处最想要的是……

她盯着它看了又看，但她已经不知道自己渴望的是什么。她只知道她是如此地渴望它，以至于感到痛苦。

第十七章

像公主一样睡在樱桃花里

开放日前一晚，艾丽斯做了噩梦。她的母亲去世后，她常会做这个噩梦，那是记忆，也是梦。在母亲葬礼之后的几天，她半夜突然醒来，跑下楼梯来到巴尼的房间，却发现他已经走了。佩森斯姑妈试图安慰她，说巴尼只是出去几天而已。七岁的艾丽斯悲痛欲绝，对她来说，那几天像是好几年。直到他回来之前，她每晚都梦见空荡荡的走廊。现在，每当他离开或将要回来时，她还是会做同样的梦。

开放日的凌晨时分，她在一身冷汗中醒来，再也无法入睡。噩梦带来的恐惧感一直持续到吃早餐的时候。杰西和弗格斯都设法以自己的方式照顾她：杰西，对巴尼几乎一无所知，给她的盘子里堆满了食物。弗格斯，知道的多一些，则设法用笑话分散她的注意力。

她没有吃，她没有笑，她说话比平时更少了。

学生们吃完早餐，打扫了餐厅；他们铺好床，整理好房间；他们在野餐帐篷上挂起彩旗，在户外舞台上挂上花环。十一点的时候，第一辆校车到了，带来了山下的访客。第一批家长出现了：达菲的爸爸，跟他儿子一样矮小结实。塔季扬娜的母亲，裹着皮草。杰西的妈妈穿着浅色的粗花呢，显得光彩照人；杰西的爸爸穿着海军蓝夹克，黝黑帅气；还有杰西那几个嘻嘻哈哈的哥哥们……

第二辆校车来了。珍妮快乐的母亲出现了；接着是萨米拉的父母，他们带着一个非常瘦弱却满面笑容的小女孩……苹果绿的外套一闪而过——佩森斯姑妈！艾丽斯的心中充满了希望。

当没有其他人再出来时，希望又破灭了。

她曾多么希望这次会有所不同。

一夜之间，温和的天气消失了。白天的组织者焦虑地盯着天空。黑压压的乌云下面，佩森斯和艾丽斯离开城堡，向湖泊走去。

“我不知道发生了什么事，”佩森斯说，“他昨天来到我的公寓，我们原本要一起飞来爱丁堡。但是，就在我们准备出发的时候，他出去了。从那之后，我再也没有听到过他的一丁点儿消息，只收到一条短信说计划有变。啊，艾丽斯！”

她们来到湖边。今天的湖水是黑色的，湖面波浪起伏，有种阴郁的美。佩森斯站在湖岸，伸出双臂仿佛想要拥抱眼前的景色。

“真希望我能把它画下来！”

此刻，艾丽斯对湖泊毫不在意。

“爸爸让你给我传话了吗？”她问道。

“那是当然！”佩森斯撒谎说，“他让我转达很多很多的爱，还说他真的很抱歉。”她离开湖边，握住侄女的手，“亲爱的，你真的喜欢这里，对吗？”

“我想家。”

这句话大声说出来，就像一拳打在了肚子上，将真相传达给了艾丽斯。她喜欢这里，但这还不够，她觉得不管什么地方都不够。

佩森斯伸出双臂搂住她：“啊，亲爱的。”

“我想妈妈。”

她们静静地坐了一会儿，佩森斯琢磨着如何回复她。

“你还记得吗，”她终于说道，“你小时候，有一次，你从卧室的窗户爬了出去，睡在了樱桃花树上？”

艾丽斯摇了摇头。

“好吧，你真的这么做了。而且当你的母亲命令你回来时，你十分气愤。你大喊大叫说你要像公主一样睡在樱桃花里。最后，你妈妈设法用冰激凌诱惑你回来，你不跟她讲话，只是拿过冰激凌，然后当着她的面关上了门。自那时起，她就把你的窗户锁上了，当然，任何理智的母亲都会这么做。但是你知道那天晚上她对我说了什么吗？她大笑着说，她希望你能永远无所畏惧，永远想要睡在樱桃花里。那时她已经病了。我想，她也是在努力变得无所畏惧吧。”

艾丽斯别过脸去，这样姑妈就看不见她强忍的眼泪了。

“她想要的就是我想要的，亲爱的。想要你跟以前一样无所畏惧，爬出窗，爬上树，像你的妈妈一样去精彩地生活。她曾在花园里跳舞——你还记得吗？”

艾丽斯轻轻地点了点头。佩森斯捏了捏她的手。

“故事结束，亲爱的，这让人伤心，但只有这样，新的故事才能开始。这就是为什么我送你来这里，有人——一个朋友——跟我说了这所学校和福蒂斯丘少校。她说这里是让人重新开始的好地方。而且我觉得樱桃园不再适合我们了，亲爱的。它承载了太多记忆，而我们应该展望未来了。我觉得老房子正在伤害我们。”

她没有说她的朋友曾告诉过她，这位少校以收留弃儿闻名，而且他只要求人们支付自己负担得起的费用。以佩森斯的情况，即便算上卖房子的钱也没多少。在长久的沉默之后，艾丽斯问起：“那天晚上，我从树上爬下来的时候，爸爸在哪儿？”她欲言又止，只是回答说：“应该在附近吧，我不记得了。”并没有吐露实情。那就是，就算艾丽斯的妈妈还活着，也没有人真的知道巴尼在忙些什么。

她们往回走时，下起了倾盆大雨。风暴湖对此坦然接受。音乐会挪到了大厅，烟花表演择日举行。野餐帐篷倒塌了，于是蛋糕在餐厅里被津津有味地消灭掉了。大雨冲掉了“民主的失败”的颜料，孩子们为之欢呼，弗劳·基施纳则因憎恶而辞职了。尽管如此，这一天还是被宣告为胜利日。

艾丽斯和其他人一起唱着歌，小口地吃着蛋糕。但是佩森斯看得出她心不在焉。她们没有再谈起艾丽斯的父母或是樱桃园。离开之前，佩森斯从包里拿出一个扁平的小包裹，递给她的侄女。

“打开。”她说。

那是一幅精致细腻的水彩画，画里是一簇白玫瑰。

“即便种在花盆里，它们也开花了。”她说道，“我本来想给你带几枝，但我怕它们在旅途中活不下来。”

艾丽斯喉头哽咽，佩森斯再次拥抱了她。

“无所畏惧，”她低声说，“别忘了。”

访客们走了，他们挤在伞下往校车走去，一边挥手一边飞吻。塔季扬娜大摇大摆地走过，脸上堆满笑容。“很高兴见到你的哥哥们，杰西！等我赢了那一百万赏金，我一定会开我的玛莎拉蒂带他们去兜风。真奇怪！”她大笑道，“你在他们旁边显得好矮呀。”

杰西怒目而视。

“开心点，”弗格斯说，“至少你的家人都来了。”

他的语气满不在乎，却难以掩盖他的怨恨。艾丽斯暂时从自己的忧愁中回过神来。

“我很难过他们没有来，弗格斯。”

“啊，大可不必！我跟你说过他们很差劲。你还好吗，艾丽斯？”

“我想我要去睡觉了。”

“但现在还不到五点！晚饭怎么办？”

“我不饿。”

弗格斯看着艾丽斯离开，忧心忡忡。他一直为巴尼没来而愤怒不已——比他的父母没来更加愤怒。他对他们从未有过期盼，但是他知道艾丽斯的期盼有多么强烈。

开放日结束后，趁着学校的其他人都在打扫卫生，弗格斯偷偷溜去了图书馆。他在搜索引擎里输入“巴尼·米斯尔思韦特”，一个简短的维基百科条目出现了，上面列着少量戏剧、一部电视剧和几部电影，都是很久以前的了。正如弗格斯一直怀疑的那样，他并不是艾丽斯所描述的明星。他把视线挪向巴尼的个人简介：妹妹佩森斯，画家；还有艾丽斯；妻子克拉拉·米斯尔思韦特，婚前姓卡明斯卡，已去世……

仅此而已。

“目之所及，心之所向。”当他没注意到父母的离婚迹象时，他的咨询师如此说道。那么艾丽斯渴望的是什么呢？她从这个总是让她失望的父亲身上又看到了什么呢？弗格斯仍然弄不明白。他删掉了自己的浏览记录，关了电脑，因为得不到答案而沮丧不已。

然而，“你不知道的东西无法将你杀死”，这是咨询师说的另一句话。

当然，除了，它差点儿就杀死你的时候。

第十八章
风暴湖

这个故事是关于一个小女孩的。她失去了母亲，失去了家，她担心失去父亲，并且急需找回自己。

艾丽斯回到房间，爬上床，试图只想巴尼的好。比如，他在樱桃园的老橡树上给她做的秋千，他爽朗的笑声和美好的拥抱。她试图说服自己，这些才是重要的事，比小时候把她忘在学校，不回复她的邮件，以及临时的缺席都要重要得多。她试图不去数他之前有多少次没有出现。

她靠着枕头坐起身来，手指描绘着那幅玫瑰水彩画的轮廓。在她的想象里，这幅画越来越大，直到它带刺的花枝冲出了画框，充满了她的小房间。她闭上眼睛将它们驱散，却又看见了母亲在花园里跳舞。她眨眨眼，只看见梦中空荡荡的走廊。

她掀开被子，走到窗边。窗外，雨已经停了，微弱的太阳在漆黑的湖面上投下一条黯淡的光路。她打开窗户，探出身子，大口大口地呼吸着新鲜湿润的空气。

脑海里，她听见金特龙博士在问：“你们心灵深处渴望着什么呢？”而她突然知道了自己的答案。

她想要成为佩森斯姑妈跟她讲过的那个女孩，樱桃花树下的公主，母亲眼中无所畏惧的攀登者。

她关上窗户，朝湖边跑去。

事后，她也无法告诉他们她为什么要这么做，她只是想要变得勇敢，而湖泊就在那里，太阳投射出了一道光路，就像故事里的一样。

有那么一会儿，光是看一眼就足够了。但也只有一会儿。

船库建在水中的柱子上，浮动的平台沿墙壁延伸，中间有一个码头。艾丽斯一走上去，码头就摇晃起来。她跌跌撞撞地努力找回平衡时径直向下望了几秒钟，看见了煤黑色的水面上自己的倒影，想到了被淹没的世界。她再次站直身子，驱散了这些念头，坚定地朝着最远的船走了过去。她解开缆绳，爬进船里，爬过板条箱，拿起桨划了出去。

如果你曾试图游进光路，你就会明白光路十分凶险。它们用照在你脸上的光芒引诱你，用温暖和愉悦充盈你的心，让你以为能在金光灿灿的水里永远游下去。然而待你回首遥望岸边，就会意识到你已经游了多远，水有多深，你有多累，接着你看见身下移动的阴影，突然就害怕了，不知道怎么才能回去……

一开始，艾丽斯感觉棒极了，仿佛世界只为她一人存在。但是，当太阳消失在云朵后面时，她从洒满阳光的迷幻之中醒来。她身在湖中央，湖水不是金色的，而是深深的铁灰色。她又冷又累，手上满是划船磨出的水疱。她掉转船头，开始往回划。但是现在是逆风，她在逆流而上。她手上有一个水疱破了，开始流血。她停止划船，去护理自己的手。一只桨从桨架上滑了出去，掉进湖里。她把身子探出船外，想要把桨捞回来，结果另一只桨也滑了出去，漂走了。

水草在她身下摇摆，仿佛有人在挥舞着双手。

艾丽斯根本不觉得无所畏惧，她试图大声呼救。她用双脚抵住船的两侧站了起来，手握成杯状大声呼喊着，但是却毫无意义。她在半公里外的湖面上，而所有人都在室内。没人看见，也没人听见。

她坐下来的时候，才意识到自己载的是什么货物。

船底的板条箱里装着劳伦斯教授的烟花，还有一个打火机。

请永远永远不要在家里尝试艾丽斯接下来所做的事。

她是个聪明的女孩，我们只能认为她太累了，导致思维混乱，或是太害怕了，所以糊涂了。无论如何，她很幸运。那些烟花，即便存放在板条箱里，也受了潮，在她点燃引线时，没有全都烧起来。罗马烟花筒、凯瑟琳车轮烟花、火箭式大烟花，都在烟花壳里发出潮湿的嘶嘶声。烟花们再三权衡决定，还是不燃烧的好。然而闪光弹——啊，闪光弹！当喊叫声响起时，劳伦斯教授跟学校其他人一起冲到窗前，她感到了一种强烈的职业自豪感。浅莲红、宝石绿、明亮橘，还有银色的星星雨点缀其间——闪光弹太美了。

“这是北极光吗？”一个小女孩轻声问道。

“不，达芙妮，”劳伦斯教授叹了口气，“这是科学。”

虽然风暴湖是一所不同寻常的学校，在安全健康方面，他们的做法并不完全正确，但基本的常识还是有的。也就是说，他们有一艘摩托艇，并且知道如何使用它。

马多克开船，他身后的女舍管准备好了急救箱，他旁边的少校拿着双筒望远镜。他们越过漆黑的湖面和金色的涟漪，飞快地向漂在湖泊另一端的小划艇驶去。

小划艇似乎是……空的。

马多克关掉引擎，小心翼翼地朝它驶去。少校一把抓住划艇，把它拉了过去。他们仔细地向里看，心都提到了嗓子眼儿。也许划船者晕倒了，也许他们躲起来了。

那里一个人都没有。

艾丽斯突然意识到了燃放烟花的危险，于是她做出了唯一理智的行为：她跳进了湖里。

第十九章

午夜野餐

她在医务室醒来，少校在她床边。

“啊，真好，”他说，“你醒了。你已经睡了很长时间。”

她望向窗户，外面的天是亮着的。

“现在几点了？”她问道。

“大概下午两点。你几乎睡了一整天。我得说，你可把我们给吓坏了。我们找到你的时候，你紧紧地抓着船的一侧。我们把你从水里救起来的时候，你晕倒了。无论如何，这都是戏剧性的一天——天气、帐篷、弗劳·基施纳的辞呈……但说真的，要说哪一个最有戏剧性的话，你是第一名。”

艾丽斯深感羞愧，喃喃地道着歉。

“我自认为看人很准，”少校若有所思地说，“但是我承认，你让我感到有些困惑。你有什么要说的吗？”

他用那只好的眼睛仔细地端详着她。

“我不知道……我是说，我不知道您怎么看我，或我的性格。”

他靠在椅子上，双手托着下巴。

“在我看来，”他解释道，“自从你来到这里，你的行为一直让人难以捉摸。一方面，你交到了朋友，你已经融入了。你的老师跟我说，除了对白日梦的偏爱之外，你在课堂上表现得很好。另一方面……”

他做了个王室挥手的动作，仿佛在暗示另一方面——包含屋顶、敲锣、燃烟花和近乎溺死这些事——全都太累人了，无法一一详述。

“我以前从没做过疯狂的事，”她告诉少校，“我是说，在家的时候。我就是读读书，写写故事而已。只是，自从我来到这里……”

“嗯？”

她该怎么解释从卡斯尔黑格站下车那一刻感受到的浩瀚；在寂静的大厅敲响锣的第一个清晨；主塔塔顶的天空，作为女王，世界尽在脚下的感觉；湖面上的光路……

“就好像故事在这里鲜活了起来。”她说，“而且这里很大，我觉得这让我也想变大。”

少校点了点头，看起来很满意。接着，他好奇地问：“告诉我，在那么恶劣的条件下，你没有告诉任何人独自去湖里划船时，你在想些什么？”

“就是我在一个故事里。”艾丽斯羞愧地说道，“然后，我想做些勇敢的事。”

“啊，”少校说，“勇敢的事！”

他闭上眼睛，思考着——他经常这样——孩子们很迷人，但也很累人。他这个姿势保持了很久，艾丽斯还以为他可能睡着了。她正琢磨着能不能戳戳他，他就动了一下，问道：“你那时害怕吗？”

“出发的时候不怕，”她回答道，“后来，我觉得自己可能回不来了，就怕了。”

他又停顿了一会儿。“如果你不害怕，我不确定你是否勇敢。”少校说道，“勇敢意味着勇于对抗我们所害怕的东西，即使我们吓得瑟瑟发抖。这个世界上有太多令人困惑不已的事情，跳进湖里，在屋顶上跳舞……这些事可能是鲁莽的，或是快乐的，又或是危险的，但我不觉得它们是勇敢的。要想无所畏惧，我们必须先消除恐惧。而要做到这一点，我们必须直面恐惧。”

看见她那么努力地想要理解他，他笑了。

“然而——生命不只是恐惧和困惑。有时候，世界之美会让你无法呼吸。等到挑战赛的时候，你就会明白我的意思了！还有夏季的夜晚——美妙的北方夏夜！不久就会昼渐长而夜渐短，几乎一直都是白昼。学生们会偷偷溜出去参加午夜野餐，而学校员工会假装没看见……凌晨时分，金特龙博士会在湖上划船作诗，谁知道呢？也许马多克先生会再次找到爱情。我们必须照顾好世间的美好，这是我在这里，在这个山谷里，创办这所学校的原因之一。我们必须照顾好它——但是也许，我们也会从中得到乐趣？也许……你可以试着从中找寻乐趣。”

这个提议十分诱人，尤其是对在过去的一天差点儿把自己淹死、几乎把自己炸死、对自己唯一的家长大失所望的女孩来说。但是，如果艾丽斯要正视自己的恐惧，那么还有最后一件事她知道她必须得问。

“先生，不是应该有后果吗？梅拉尼，之前住在我房间的女孩——她因为炸了化学实验室被开除了。我做这些不是一样糟糕吗？”

“噢，我可不这么认为。”少校说道，“带来了一点惊吓，但没有造成什么伤害。毕竟这是你的家，我想我们会再给你一次机会的。”

艾丽斯如释重负。少校站起身来，骨头嘎吱作响。他把他的大手放在她的头上，仿佛在温柔地祝福她。“不过，也许在期末之前，你能尽量不惹麻烦？”

他微微一笑，笑容太慈祥，让人很难不回以微笑。

“我保证。”她说道。

“好极了！与此同时，或许事情没有你想象的那么令人绝望。”

少校离开了。艾丽斯又倒在了枕头上，她琢磨着少校的话是什么意思。然而医务室出奇柔软的床、洁净的床品和薰衣草的香气让她放松了下来，忘记了这件事。不像城堡的其他地方，这个房间刚刚刷过白漆，地板明亮，十分整洁。透过干净的窗户，她能够看见树顶。她感到了安全与宠爱，一种奇异的轻松感开始充溢着她的内心。她有害怕的东西，总有一天她会直面它们，并变得无所畏惧。但与此同时——午夜野餐听上去很有趣，白夜也是。她感到新的故事已经在蠢蠢欲动，这是一个快乐的故事，讲述了野兔一家被赶出南方的家园，来到了一个新的山谷……

她转向床头柜去拿笔。

有两个信封靠在台灯上，上面都是巴尼的笔迹。

第二十章

海鸟的天堂

这两封信上都有伦敦的邮戳，都是周五寄出的。

第一封有幅手绘的海岛图，有许多非常常见的鸟类，上面写着五个字：“来城堡见我。”上面还写着数字，是罗马数字——一个日期，十天后。

第二封信更短，只写着：“带包裹。谁都别说。”

一瞬间，一切都改变了！

巴尼写信了！

他想见她！

在你大喊着“噢，艾丽斯！”和“什么？”之前，在你设法提醒她白夜、野兔的故事和午夜野餐，还有那些未回复的邮件和开放日的缺席，以及她对少校的承诺，他的“直面恐惧”的那些说辞之前，先问问你自己，如果世界上你最爱的人让你去城堡见他，你会怎么做？

当然，你可能会说：“不行！你让我失望了，别再用明信片、秘密，以及那些疯狂荒谬的主意来悄悄影响我。”

或者，你可能会给他另一个机会。

艾丽斯非常爱巴尼，事情就是这么简单。她知道他不完美——她又不笨。她心里很清楚他不是一个伟大的演员，她也知道他总是离家外出有点儿不太对劲。但是她想——她希望——如果她足够信任他，他就会变成她所期望的样子。

我不是说你会像她那样做，也不是说你应该那样做，但是你可能会那样做。如果，在你的心灵深处，你渴望的就是另一个机会。

而艾丽斯的确渴望着，她确实非常渴望。

你也许会觉得巴尼的要求很奇怪，但艾丽斯可不这么想。毕竟，这个男人曾在暴风雪的夜晚叫醒她去花园堆雪天使。他曾在一个阳光灿烂的日子出现在学校，并为她伪造了医院预约证明，好让他俩能开车去海滩。某一年，乡下组织了一场寻找复活节彩蛋的活动，由于范围太大、太复杂，以至于太阳落山之后他们还在外面爬树，在树篱下摸来摸去，寻找巧克力。

巴尼·米斯尔思韦特就是那种会做出夸张姿态的人。

首先要弄清楚他究竟是什么意思。艾丽斯盯着那幅画，上面是一个海岛，还有鸟……她闭上眼睛，努力思考——巴尼来她床上给她晚安拥抱……用他的手机模仿击剑……

“砰！呀！接招吧，可恶的入侵者！”他还说了什么呢？

什么……岛……是鸟类学家和海鸟的天堂……

没错——但是是什么岛来着？

女舍管一批准，她连衣服都没换就离开了医务室，径直去到图书馆。雨停了，天气已经完全转晴，天空是近乎白色的柔和的浅灰色，湖面依然是一片银色。大部分的低年级学生都在户外，只有即将考试的高年级学生待在图书馆里。她经过的时候，他们几乎连头都没有抬一下。空气闻起来有油墨、纸张和蜂蜡的气味。从地板到天花板都是书，通常，她觉得不抽本书出来读读是不可能的。然而今天，她有另一个任务。

她找到一台空着的电脑，敲入搜索词条："苏格兰海岛。"

第一条搜索结果毫无用处，告诉她苏格兰沿海大约有七百九十座海岛。

"苏格兰鸟类天堂"这个词条里出现了大量关于热带植物的无关信息。

"苏格兰海鸟……"这次好多了！有北极贼鸥、海鸠、鲣鸟……这些她都没什么印象。北极燕鸥、大贼鸥、海鹦！

巴尼绝对提到过海鹦。

"哪里有苏格兰海鹦？"她在电脑里键入，然后对着一张滑稽的照片扑哧笑出声来。照片上是一只黑白相间的鸟，长着大大的条纹嘴，它的脑袋好奇地歪向一侧。她停止了笑声，因为她意识到海鹦到处都是，在她从未听说过的遥远之地——设得兰群岛、诺斯岛、赫曼内斯岛、尼什岛……

尼什岛！就是这个！她几乎可以肯定。她点击进去，了解更多信息。

尼什岛坐落于苏格兰卢姆以西，是内赫布里底群岛的一部分，它是小岛和岩岛组成的群岛中最大的一座岛……它的面积为五十九平方公顷，最高点有一百零三米……

艾丽斯打开地图，但是上面除了模糊地显示尼什岛在苏格兰的西海岸之外，什么信息都没有。她转而打开了谷歌地图，输入“卡斯尔黑格”，接着输入“尼什岛”，然后点击路线。

啊哈！

学校距离海边比她想象的要近得多。准确来说，需要一小时二十分钟的车程——当然，走路要更久……粗粗的蓝线只到海边。你得从那里乘船去卢姆，然后你得穿过卢姆（开车两小时，走路大概要一百万年）去搭乘另一艘更小的船……所有的发船时刻表都因潮汐而大不相同。她小心翼翼地把它们誊写下来，然后更加仔细地看着地图。苏格兰的形状多么奇怪啊——就像是一个棱角分明的巨人的头，低垂的眉毛，鹰钩鼻和下巴，还有深深的伤疤，那是海水涌进来的地方。从这里到海边没有一个城镇，几乎连条路都没有。

她该怎么去到海边呢？

你能猜一猜吗？

坐稳了，因为你马上就会知道了。

第二十一章
搭档

弗格斯很生气。

当艾丽斯在图书馆查阅海鸟天堂的时候，弗格斯正在打扫猪圈。

猪并不是他生气的原因。正如艾丽斯现在已经喜欢上了起床号，弗格斯也越来越喜欢猪了。铲粪便和稻草是一项又苦又臭的工作，但是猪本身却很可靠。每当他呼唤它们的时候，它们就会过来嗅嗅，而且猪总是很开心见到他。猪很可靠，这意味着它们不会独自跑掉，跳上小船，也不会差点儿把自己淹死。他们把艾丽斯抬回学校时，弗格斯看见了她。她当时脸色苍白，全身湿透，四肢耷拉下来。他吓坏了。他们抬着艾丽斯，从弗格斯和其他好奇的师生旁边挤了过去，把她带去了医务室。而弗格斯则去了船库，并在一个船底发现了那箱烟花。他拿了一只，小心翼翼地用塑料袋包好，然后放进口袋里。他想，艾丽斯会希望他在她的坟墓上燃放这只烟花以示悼念……

后来，当他发现他的好朋友并没有死的时候，他气坏了。

是的，他的好朋友。他从未告诉过她，但他就是这么看待她的。尽管现在你可以说她是他所谓的好朋友。

或是他以前的好朋友。

好朋友，就像一同犯罪的罪犯一样，是真正的搭档。虽然他以前从未有过好朋友，但他几乎可以肯定就是这样。而且，真正的搭档不会独自跑去湖中心举行盛大的烟花表演。真正的搭档，他一边把被猪尿浸透的稻草铲进独轮手推车里一边想，是要一起做计划的。

任何事情。

他几乎可以肯定。

“弗格斯！”

是她——在这儿——现在！好吧，他不会跟她说话的。这样她就会知道被忽视是什么感觉……

“弗格斯！”

“干吗？”

她站在大门中间的横挡上，里面穿着睡衣，外面穿着学校的橙色雨衣，裤腿塞进雨鞋里，橙色的校帽下散开的辫子自然卷曲，披在背上。

她看上去像个疯子。他心软了。

“那样做真是太太太疯狂了。”他咆哮道。

“我知道。我知道！我很抱歉！但是弗格斯，弗格斯——你想做些更疯狂的事吗？”

一周后，大型定向越野挑战赛开始了。

第二部分

○

岩石堡上的孩子

第二十二章
大型定向越野挑战赛

想象一个山谷里有一座城堡。

一辆校车驶过生锈的大门。

车里有三十个孩子，还有三十个背包，里面装满了睡袋、帐篷以及三天的露营食物。很快，孩子们就会拿到大型定向越野挑战赛的行程表。他们不知道自己会去哪里，除了艾丽斯和弗格斯。弗格斯近期入侵了马多克的电脑，并“重新整理”了文件。

他和艾丽斯，还有杰西即将拿到的行程表，将带他们去到距离巴尼最近的小岛。

艾丽斯和弗格斯的计划如下：今天他们会按照学校的行程表，前往去卢姆的渡口。但是明天，他们会沿着自己的路线向尼什岛出发。要想在约定的时间见巴尼，并回来继续完成挑战赛的话，时间很紧张，但他们全都安排好了。今晚，他们会在学校指定的海滩露营。明晚在卢姆露营。第三天，他们会乘第一班船去尼什岛见巴尼，再坐最后一班船回来，穿过卢姆，搭乘另一辆渡轮回到大陆，露营。第四天，徒步去到终点，不被学校察觉。

这能出什么问题呢？

不要太担心细节问题（艾丽斯跟弗格斯肯定没在担心），在适当的时候，一切都会明朗起来。其实，这个计划几乎是不可行的。但是艾丽斯说服自己这个计划行得通，就像在收到巴尼的信时，她说服自己巴尼要求她做的事很正常一样。弗格斯就没那么确定了。艾丽斯给他灌输了最含糊的故事——她必须在一个城堡跟巴尼见面。那个城堡是巴尼儿时常常玩耍的地方，他一直都想给她展示他的海鸟天堂，那里有她从小就想去看的海鹦。虽然他不相信，但是他还是准备去凑凑热闹。因为他喜欢艾丽斯，知道这对她很重要。还因为他明白有个差劲儿的家长意味着什么。他想要在那里陪着她，如果巴尼没有出现。

两个孩子都努力不去想，如果被抓住了会有什么后果。

你们还想知道些什么呢？

他们还没告诉杰西。他们觉得一旦上路了，就会有更多的机会去说服杰西。他们正在等待着合适的时机告诉他，他可能赢不了这次的大型定向越野挑战赛了。

我告诉过你们了，不是吗？至少将会有两次背叛？这是第二次。

还有什么，还有什么……你想知道巴尼在哪儿？没问题。现在，为了躲避一些坏蛋的追捕，他正乘坐长途客车在英格兰北部奔波。他戴着帽子和墨镜，还留起了胡子。

哦，艾丽斯拿着他的包裹，弗格斯还不知道这件事呢。她也还没将包裹打开，它就像一个定时炸弹似的放在她的背包底部。

我们继续讲故事吧。

马多克把校车停在山脚下的路侧停车带。

“我们已经到了吗，先生？”达菲像往常一样没怎么听讲。

“不，我们还没到。”马多克从手套箱里拿出一个硬纸板文件夹，然后从里面抽出一叠信封，起身在校车上分发下去。“好了，听着，七年级学生！每一个信封里都有你们的行程表、地图、一组坐标和说明、学校的紧急电话号码、紧急服务电话以及一些紧急备用款。”

“这也太多‘紧急’了，先生。”萨米拉很担心。

马多克非常担心挑战赛会出差错，于是他回复说他会一直待在格里盖奇的青年旅舍——就在挑战赛的中心位置，信封里也有他们的电话号码。

当各个小组开始得知自己的路线时，一阵兴奋的低语声跟着马多克下了车。“这些弯弯曲曲的东西是什么意思？”泽布问道。“先生，哪边是西边呀？”埃斯米大叫道。阿米尔质疑道：“这条蓝色的线是道路还是河流啊？”

杰西听见了，觉得很得意。同学们荒唐的问题进一步证明了——如果需要证明的话——他们大部分人对地图都一窍不通。

“我们要去海边啦！”他打开他们组的行程表，笑容满面。他立即把地图摊开，脑子里飞快地规划着他们的路线。

艾丽斯和弗格斯第一次交换了下愧疚的眼神，这样的眼神交换以后还有很多。

“我们可能会看到水獭、海豹、海豚！”杰西喊道，“这一定会很棒的！”

马多克回到了校车的前面，他觉得有必要重复一下指令。这些指令七年级学生之前已经听过很多次了，但他们却似乎存心忘记它。

“每一组坐标都跟一个营地相关，”他说道，“每一队都会在不同的位置下车，这三天你们每晚都会在不同的地方露营，但你们的终点都是一样的。这个挑战赛的目的在于让你们找到通往三个营地的路，并从那里前往终点，最先到达的那一组获胜。明白了吗？”

“如果我们中的一个人摔断腿了怎么办，先生？”珍妮问道，“或者迷路了，生病了，掉进冰隙了怎么办呢？”

“这些都不会发生的。”

马多克发动引擎。杰西隔着过道对艾丽斯和弗格斯咧嘴而笑。

“我们赢定了！”他低声说。

他们勉强笑了笑。

第二十三章

必须有人负责

艾丽斯和弗格斯没找到合适的时机把真相告诉杰西，他们的内疚感不断加重。

只剩他们三个人的时候，杰西立马控制了局面。马多克把他们留在了一条长满青草的小道边，这条宽阔的小道一直延伸到开阔的沼泽地。阳光明媚，微风轻拂，地面柔软却坚实。

“完美的条件。”杰西宣布道，“来吧，团队！”

他拿着地图，准备好指南针，迈着轻松的步伐大步离开。艾丽斯和弗格斯不安地盯着他远去的背影。

他们觉得自己并不像一个团队。

“我们应该现在告诉他吗？”弗格斯问道。

“当然。”艾丽斯说。

“你们到底来不来？”已经在百米之外的杰西敲着手表大声喊道。

“我们待会儿再告诉他。”当他们匆忙跟上杰西时，弗格斯说道。

“等他不那么着急的时候。”艾丽斯同意地说。

但是杰西一早上都在不停地赶路。

他看地图，跟着指南针走。他跑到前面去核对路标，再跑回来鼓励艾丽斯和弗格斯继续前进。他让他们唱了一首行军歌。当他们不得不爬过近期崩塌的落石区时，杰西教他们如何寻找手脚的支撑点，还先一摇一摆地爬上去帮助他们。

“别往下看。”他警告道。

“没那么高。”艾丽斯说着往下看了一眼，然后心甘情愿地拉住了他的手。

当他们在一条小溪旁停下来吃东西时，他们发现杰西已经把午饭分装在了保鲜盒里。弗格斯的嗓子都干得冒烟了，他正要去喝溪水，然而手还没送到嘴边就被杰西打掉了。杰西说：“别喝！水得先净化。你永远不知道有没有什么东西死在上游，你可能会生病的。”

早上出发的时候，弗格斯对挑战赛感到很兴奋。现在他琢磨着，让他兴奋的会不会是与艾丽斯一起密谋的刺激感。他完全没料想到溪水会有毒。

“死在上游？”他问道，“比方说？”

“你知道的。老鼠、绵羊、奶牛，任何东西！”

“好吧，你不是无所不知吗？”弗格斯咕哝道。

“我想，我只是喜欢而已。”杰西选择无视他的嘲讽，并注视着他们的野餐点附近，“是不是很不可思议？”

在一个人那么开心，那么热心，那么博学的时候，你怎能要求他去做一些完全违背他意愿的事情呢？本想开口的艾丽斯，咬了口三明治。一只蚊子从可能被尸体污染的水中飞起，弗格斯挥手赶走了它。

他们什么都没说。但是，拖延得越久，就越难开口了。

背叛通常就是这样。可怜的杰西！虽然他看上去很高兴，但他觉得这一天很难熬。

人常说，三个人里，总有一人被忽略。根据杰西的经验，那个人总是他。他早就知道艾丽斯和弗格斯关系不一般，他只是希望在这次旅途中，他们不要表现得那么明显。今天早上，他们以为杰西没注意到两人交换的几个眼神，其实都已经被杰西看在眼里。他总是觉得不公平，他想象着他们嘲笑他太把挑战赛当回事。但是，正如三个人里总有一人被忽略一样，一个团队里必须有人负责。而在这个特别的团队里，他相信——虽然有点不公平——一切都得靠他。他告诉自己，艾丽斯和弗格斯认地图的能力让人绝望。他们甚至不知道该怎么搭帐篷！在学校练习的时候，所有事都是杰西做的！当他回想起练习赛时，回想起他们径直跑进沼泽里时，他不知道他们是否意识到，如果没有他的话，结果会有多么糟糕。

除此之外，弗格斯还想去喝溪水！不，别说获胜了，如果他们能存活下来，杰西确信，这个团队必须由他亲自负责。关于这点，杰西倒是没问题。他知道另外两个人根本不在乎输赢。但是他确信只要他们完全按照他说的去做，一切都会好的。

也许吧。

只是他没料想到责任感会如此沉重。

午饭后，他们沿着溪边一条狭窄的羊肠小道出发了。小道几乎立刻就消失了，他们不得不爬过一块块岩石和一个个陡坡，以保持指南针的稳定。艾丽斯想着巴尼和未来想得出了神，跌进了水里，他们只得停下来等她换袜子。

“你确定这条路是对的？”弗格斯问道。

“我们必须沿着溪流走。”

“可是我的袜子也湿了。”

杰西本来想好好享受这次徒步，但他告诉自己，这三天将会非常漫长。他拿出了双筒望远镜。

“那儿有一座桥，”他宣布道，“就是我在找的那座。我们的路要过桥。”

即便是对杰西无比信任的艾丽斯，都对那条所谓的路失望透顶。这条路看上去已经几十年无人走过了，大部分柏油路面都被侵蚀了，路中间的草长得很高。

“就是这条路。”杰西把地图塞给他俩。艾丽斯察觉到他生气了，于是礼貌地凝视着地图。弗格斯打了个哈欠。“这是桥，这是小溪，这是我们现在的位置。那么我们沿这里走个两百米——来，走吧！”弗格斯专心致志地看着地图出发了，艾丽斯和杰西也跳起来跟了上去。“路上有座小山，我们翻过山，然后来到一个大门前，穿过大门，会有一条通往树林的小径……啊！”

在杰西的一生中，他从未感到如此难堪。

从某种意义上来说，这倒是件好事。因为其他两个人注意到了，而且他们感到很抱歉。

第二十四章
某处有只云雀

他们的确来到了一个大门前，那里确实有条小径，也有森林。但是那里还有个木牌，上面写着红色的大字："禁止入内。"下面还有个木牌，上面的字稍小一点，写着："管好你的狗，否则我们就开枪。"大门的另一边，在电铁丝网围起的田野里，一群鹿正在吃草。

"地图上没显示这里是私有财产吗？"弗格斯问道。

"这本该是条公共人行小道。"这种不公平让杰西都快哭了，"有时候，土地所有者并不尊重规则，我们只能绕着这片田野走了。"

但是田野延绵不绝。

"或者我们可以直接穿过大门，"艾丽斯建议道，"就像我们原先计划的那样。"

"牌子上写着'禁止入内'！"

"我们又没有狗。"弗格斯说道。

"但是他们有枪。"杰西叹了口气，"只能是这片田野了。瞧，那里有一条小径，有点儿像。我们走吧。”

面对第一个真正的挫折，孩子们相互间的看法发生了变化。杰西被迫接受他不是战无不胜的，他也意识到另外两人并不像他想的那么没用。弗格斯看到封闭的小径让杰西真的很痛苦，也变得不那么爱发牢骚了。艾丽斯不再做白日梦了，而是专注于手头的任务。

他们出发了。先是杰西，然后是艾丽斯，最后是弗格斯。他们没有抱怨，哪怕那条小径根本不是小径，而是比溪边那条道还要差的羊肠小道。他们的肩膀刮擦着两旁繁茂的蕨类植物，一群蠓虫从边上飞了出来，飞进了他们的头发里、衣服里，飞到了他们的鼻子上。他们拉紧了外套，带上兜帽。烈日当头，他们都被晒焦了，还是有蠓虫不断钻了进来，但他们连吱都没吱一声。

树根绊倒了他们，荆棘刺破了他们的手和衣服。杰西边看指南针边往前走，结果撞到了一棵树，划伤了太阳穴；弗格斯被烦人的蠓虫吞噬了；艾丽斯肩膀被背包摩擦的地方起了疹子。二十分钟后，当蕨类森林把他们吐到了空旷的陆地上时，孩子们的皮破了，流血了，又红又肿，他们感觉他们像一个团队了。

暂且如此。

“好消息是，”杰西说，“接下来应该都是空旷的田野了。”

“那坏消息呢？”

“我们朝错误的方向走了大约三英里。”

“那接下来我们该怎么办？”

杰西拿出指南针：“我们往那边走，去海边。”

空旷的沼泽地上溪流纵横交错，一簇簇帚石楠点缀其间。沼泽地在他们面前向群山之间的地平线延伸。

“你确定吗？”弗格斯问道。

“弗格斯！”艾丽斯责备道，“指南针从不说谎！”

他们经过一条小溪时，给水壶装满了水。在等待净化片溶解的时候，他们把T恤浸在水流中，然后再包在脑袋上降温。

“我们看起来就像三个国王。”弗格斯说道。

“两个国王，”艾丽斯纠正道，“一个女王。”

杰西喝了一大口过滤水。

“如果我有份礼物，”他说，“那将会是柠檬汽水。用真正的柠檬做的，就像夏天我爸爸做的一样。”

“如果我有份礼物，”艾丽斯小心地闻了闻自己的衬衫，“那将会是个浴缸。”

“如果我有份礼物，”弗格斯打了个哈欠，“那将会是张床。”

他们并排躺下看着天空，心里想着，天空可真美。

之后，他们站起来，继续艰难前行。他们穿过平原，爬过第一座、第二座、第三座小山，沉重的背包压弯了他们的腰。他们的脚后跟和脚趾都起了水疱，并且肌肉酸疼，肚子咕咕作响。他们今早还在学校，而明天又要到其他地方去了，想想真是不可思议。他们恍恍惚惚地走着，仿佛只有现在是存在的。往上爬呀，一步接一步，直到——终于——他们到达了山顶，来到了杰西说的那条小径，那条他们本应一直在走的那条小径，而且……噢！

有时候，世界之美——少校说的没错——会让你无法呼吸。

山这边的风景又大不相同了，他们脚下倾斜的地面苍翠碧绿，杂木林和一簇簇耀眼的黄色荆豆花遍布其间。草地上开满了花，金色的毛茛和紫色的蓟，还有野生风信子和一缕缕羊胡子草。他们走路时，小兔子们在他们前面四散奔跑，白色的尾巴一摇一摆。

不知什么地方，有只云雀在唱歌。

“瞧！”弗格斯说。

下方，是一片白色的新月形海滩。地平线上，紫色的岛屿从迷雾中升起。他们目之所及，除了海滩和岛屿之外，全是蓝，蓝，蓝。

他们找到了大海。

又花了一个小时，他们才走到海滩。能看到要去的地方，路走起来就轻松多了。水面上的光要着花招，在他们下山时把海水变成了金色。海滩没有沙子，只有小小的贝壳碎片在闪闪发光。下到海平面的高度时，他们经过了一条小溪，最后几米溪水从山坡上落下，形成一个彩虹瀑布，云雀在里面洗澡。他们看到了一圈树，一栋老渔夫的小屋藏于其间。小屋没有门，屋顶也只有半个。

“没错！”杰西在空中挥了挥拳，“跟行程表上说的一模一样！谁是史上最会认地图的人？是谁？是谁？”

他穿过本该有门的地方，走进小屋，又走出来，来到一块有围墙的草地上，这里曾是花园。

“这将是最佳露营点。好了，伙伴们！让我们把帐篷搭起来。谁想来挖个火坑？我们需要水……人呢？”

另外两人没有跟着他走进花园。

“艾丽斯？弗格斯？”

没有回应。杰西突然感到一股莫名的恐惧，他怕他们已经弃他而去。

“人呢？”

“我们在这儿！”

艾丽斯穿着泳衣从小屋里跑了出来，弗格斯穿着鲜艳的皇家蓝波点平角泳裤跟在后面。杰西吃惊得下巴差点儿掉下来。

对了，泳衣应该是一个线索——如果不知道要去到海边，艾丽斯怎么会带上泳衣？但是杰西晚些时候才想到这一点。他现在正忙着恐慌呢。

“快来游泳！”艾丽斯叫道。

“游泳？他们疯了！”杰西心想。他们会死的，至少会得失温症！而且他们现在的位置，到哪儿都得好几个小时呢。

“来吧！”艾丽斯坚持道，“我们等你，但是快一点儿，因为我越来越冷了。”

“但是水里会更冷！”

“别这么死脑筋，杰西，赶紧把你的衣服都脱掉！”弗格斯大声喊道。

他们无视杰西的大声抗议，一拥而上。他们抓住他的手，把他拖向岸边。当发现这两个家伙不打算让步时，杰西屈服了，跟他们一起朝水里跑去。他沿着海滩一边跑，一边脱衣服。

他们一起跑进了大海里，冰冷的海水让杰西发出一声尖叫，弗格斯几乎瞬间就脸色发青。

“好像钻石做成的冰啊。”艾丽斯大声喊道，“我要下去了。”

她潜入浪中，他们当然也跟着照做了。寒冷偷走了他们的呼吸，钳住了他们的大脑。他们身体上的每一个毛孔都冻得刺痛，头上的每一根头发都竖了起来。之后，为了暖和起来，他们在浅滩上互相追逐，踢起水花，大喊大叫。除了海鸥，没有人听见他们的喧闹。这里没有密谋和挑战赛的容身之地，只有欢声和笑语。

世界之美会为你做这样的事。

第二十五章

北极星

艾丽斯喜欢这里，她很喜欢。但是少校可能会告诉她，正如恐惧是勇气的一部分，失去也是爱的一部分。如果他觉得自己很有哲理，他会补充说人们最害怕的莫过于失去，而所有的这些情感都是每个人心中不同的部分。他还会证明爱本身需要巨大的勇气——的确，爱是最勇敢的挑战。艾丽斯只知道，从学校出发时，她满脑子都是即将回归的旧生活。而现在离开了学校，她满脑子都是抛在身后的新生活。尽管她头昏眼花地走完了路，欣喜若狂地游着泳，然而她却突然感到一股难以名状的恐惧。

他们把自己擦干后，将温暖的绒毛衫套在紧绷的皮肤上。弗格斯对即将发生的事深感内疚，坚持要跟艾丽斯去搭帐篷，留下杰西在海滩尽头的岩石边自由钓鱼。

“不，”杰西说道，“不不不，我必须来搭帐篷。”

“我们真的没你想的那么没用。”弗格斯说道，“去钓鱼吧！玩得开心点！”

杰西不再顾忌，就去钓鱼了。

撑起帐篷的弯杆并没有像弗格斯想的那样弯曲，有那么糟糕的一刻，艾丽斯意识到她忘记带帐篷的地钉了。但是在些许的激励与哄劝之下，他们凑合着用枝条将帐篷搭了起来——虽然有点儿不稳，而且没有那么平直，但绝对是搭起来了。

弗格斯高兴极了。“我说了我们能行！瞧啊，杰西抓到了一条鱼。”

在沙滩的尽头，杰西十分兴奋。他穿着平角短裤和橙色的雨衣外套，手里挥舞着一条大银鱼，跳起了某种胜利之舞。弗格斯用力地向他挥了挥手。

“挥手，艾丽斯！可怜的家伙，整天都得跟我们打交道，就连我都为他感到难过。艾丽斯！你怎么不挥手？”

艾丽斯凝视着海对面的岛屿，陷入了沉思。弗格斯戳了戳她的肋骨，她吓了一跳：“对不起，什么？”

“杰西他抓到了一条鱼！挥手！你走神了！”

“我只是……弗格斯，我们太疯狂了吗？”

“跑去找你爸爸吗？”他高兴地问道，“我们可不只是疯狂，我们是疯了！而且，这对杰西很不公平。”

“严肃点！”

他们现在沿着海滩走在涨潮线之上，弗格斯弯腰捡起一块浮木，思考着他的答案。

“你觉得这是从哪儿来的？”他问道。

“我不知道！美国？弗格斯！”

“或是格陵兰岛？”他说道，“或是挪威，或者瑞典？或是俄国！我想，今晚我们应该堆一个最大的篝火柴堆，比任何人见过的都要大，然后烧了它。”

“弗格斯，你在说些什么啊？”

“说实话，我不知道，可能是废话吧。我想我的意思是，我们既然已经到这里了，那就尽情享受吧。”

于是，他们这样做了。

他们生个了小火堆，烤了杰西的鱼。尽管吃得满嘴是沙，他们还是一致认为这是有史以来最美味的一餐。三只海豹在他们吃饭的时候游进了海湾，无尽的夏日夕阳将海浪染成了蓝金色，三个乌黑发亮的脑袋在岸边平静的波浪中上下起伏。它们长着银色的胡须，明亮的眼睛充满了好奇。在孩子们的注视下，海豹们进行了一场表演。它们潜入水中，又钻出水面，懒洋洋地在水里转身，然后便消失了，就像它们之前出现在海浪里一样突然。孩子们跑进水里，再次寻找它们。海豹没有回来，但杰西发誓他看见了一只挥动着的鳍肢。

在确信海豹已经走了以后，孩子们收集了一堆浮木，把做饭的小火堆堆成了弗格斯所说的巨型篝火，让它们在沙滩上熊熊燃烧。木头上的盐迸发出一连串的蓝色火花。

“你知道法国人管篝火叫什么吗？”弗格斯问道。

“什么？”杰西问道。

“Feu de joie，”弗格斯说，“意思是喜悦之火。”

“喜悦之火，”杰西说，“我喜欢。”

海的那一边，暮霭渐渐升起，笼罩着淤青色的岛屿。天冷了，即使是火边的空气也变得寒冷起来。星星出来了，杰西指着最亮的那一颗说：“北极星，水手们就是靠它找到回家的路。”

家——艾丽斯想到少校，想到他的手放在她的头上仿佛在祝福她，心里一阵剧痛。“这就是你的家。”他曾说过。如果他知道了他们的计划，他会说些什么呢？她突然觉得他不可能不知道，她强迫自己想一想巴尼。她努力想象着自己在这样的沙滩上，朝他跑去，扑进他的怀抱里。他就能把她高高举上天空，就像小时候他常做的那样。现在，巴尼可能在某个码头，他钻进一艘船，在海豹的簇拥下穿过撒满星星的海面，驶向紫色的岛屿，等待着她的到来。

可问题是，她已经不再是小孩子了。

那一刻，艾丽斯最想做的就是放弃自己的计划。但是后来，她却用少校说过的另外一句话提醒自己。

“我们必须直面恐惧。”

她害怕极了，不是害怕旅途本身，而是害怕她在另一端可能会发现的东西。她也不知道自己是勇敢还是鲁莽，但她知道她必须坚持到底。

“游泳！星星！篝火！鱼……海豹！”帐篷没有地钉固定，松松垮垮的，顶篷也严重倾斜。杰西在里面仰面躺着，眼睛直愣愣地盯着顶篷。然而，这一天发生的事让他忘乎所以，所以他根本没有注意到这些问题。“伙计们，这简直太棒了！”

“明天会很漫长，杰西。”弗格斯侧眼瞥了艾丽斯一眼，说道，“努力睡会儿吧。”

“我睡不着。”杰西承认道，“我感觉我的头要爆炸了。我的意思是，我知道挑战赛会很棒，但是这简直太让人惊喜了。”

“让人惊喜的不是挑战赛，是海滩。”弗格斯打了个哈欠，“挑战赛只是一堆地图罢了。”

“只是一堆地图？”杰西翻了个身，惊讶地注视着弗格斯，“只是一堆地图？地图就是……”他仔细地搜寻着合适的词语，“地图就是把世界拼在一起的东西，只要有了地图，你就能去到任何你想去的地方。也就是说……”

他停下来，突然顿悟了。

“什么？”弗格斯问道。

“也就是说，也许，”杰西谨慎地说，“如果你能去到任何你想去的地方，你也能成为任何你想成为的人。”

一直默默聆听的艾丽斯问道：“你想成为什么人？”

“反正不是小提琴家。”杰西坚定地说。

“嗯，不是。”弗格斯同意道。

艾丽斯皱了皱眉头，然后扬起眉毛，仿佛在问：“那么你呢？”

“噢，我会成为一个天才。”弗格斯说道，“我只需要决定成为哪种天才。”

“我会成为一个作家。”在说这句话的时候，艾丽斯就知道，光说“一个作家”是不够的。她开始意识到世界上有各种各样的故事，也有各种各样的作家。她迟早都得选择要用哪种方式讲哪种故事。

“杰西？”弗格斯问道，“你还没说呢。”

“我不知道！户外的什么吧。”

“你应该成为一个探险家，”艾丽斯说道，“你在这方面真的很有天赋。”

弗格斯大笑道：“你这话说得像个真正的湖人。”

探险家！杰西越想越喜欢。

“好吧，”他说，“我会的。”

他们沉浸在对美好未来的憧憬之中，伴着大海的歌声睡着了。与此同时，更远的北边，在一个昏暗的码头上，巴尼正四下察看，想要偷一艘船。

第二十六章

伟大的探险家

如果你打算让别人帮你的忙，做一些他们真的不愿意去做的事，那么你最好准备好能令人信服的说辞。如果你正在进行一场严重违法的探险，那么最好了解清楚你计划的优缺点。当你遇到那些不可避免的障碍时，这一定会对你有所帮助。

杰西以及他的定向越野技能是艾丽斯和弗格斯计划的巨大优势，而他要赢得挑战赛的坚定决心和他对校规的恪守不渝，则是计划的致命弱点。

第二天早上，杰西从长长的沉睡中苏醒过来，心情愉悦。当他发现艾丽斯和弗格斯比他起得更早，还泡好了茶，煮好了粥，而且粥的味道还很不错时，他的心情就更好了。哪怕天气在一夜之间变得阴冷，也无法影响他的好心情。

“今天要走的路没那么长，”他大口地吃着早餐，说道，“我想，我们要沿着海岸向南走两个小时，再往内陆走三个小时，但都是小道和大路。算上停下来吃午饭的时间和几次休息时间，一共是六个小时。此外，我们还得把这里收拾好，而且天气也不……怎么了？你们为什么都这样看着我？”

“告诉他。”弗格斯说。

于是第二次背叛开始了。

艾丽斯把她曾跟弗格斯说过的牵强谎言又灌输给了杰西——巴尼和他们准备碰面的城堡，他一直想给她展示的海鸟天堂，海鹦……杰西的反应先是困惑——“海鸟？城堡？海鹦？你在说些什么？”——然后是伤心——“你们早都计划好了却不告诉我？”——最后是断然拒绝——“我不去，而且我要上报学校。”

“求你了，杰西，”艾丽斯说道，“我们需要你。”

“需要我？”

“你是最好的定向越野者，优秀的定向越野者。”

“别奉承我！这件事你们密谋多久了？”

“没多久。”艾丽斯撒谎说。

“很久了。”弗格斯承认道。

“你们为什么要这么做？”杰西质问道。

“有时候，我也很纳闷。”弗格斯说，“但这对艾丽斯很重要。”

“你愿意吗？”艾丽斯问道。

杰西的喉头哽得难受，这件事他们已经密谋了这么久！昨天在海滩上，昨晚在火堆旁，在帐篷里睡觉前，他们就知道了！知道了，还瞒着他，把他当傻子！“你应该成为一个探险家。”——他本该感到很开心。当他们准备在背后捅他一刀的时候，他们知道这个挑战赛对他有多重要，知道他们的友谊有多……

“不，”他说道，“我不愿意。”

弗格斯对这个计划真的感到很担心，他默默地叫了一声。艾丽斯将她的下巴扬起，他逐渐认出了她这个神态，于是叹了口气。

“那我们就只能自己干了。”她小声地说。

“艾丽斯！”弗格斯低声说，“我们不行！没有杰西不行！”

“不行的话，我就一个人去。”

他试图跟她讲道理。

“想想如果杰西一个人回去了会有什么后果！学校会知道我们分开了——他就必须得告诉他们了！”

“我知道，我很抱歉。”

除了下巴，她的声音无疑也在颤抖。弗格斯知道他绝不能让她一个人走。

他们默默地洗了碗，收拾好背包，拆下帐篷。

“你应该拿着它，”艾丽斯告诉杰西，“这才公平。”

她犹豫了一下，然后踮起脚尖，飞快地亲吻了他的脸颊：“祝你好运，杰西，我相信你会赢的。”

“跟我们一起走吧，杰西。”弗格斯不敢相信这是真的。现在要分开了，他才意识到大家在一起对他来说有多么重要。不是因为没有杰西，他们或许——很有可能——会输，而是因为他喜欢他，这太让人吃惊了。

杰西想：噢，游泳，星星还有篝火和鱼！海豹，以及夜晚的海浪声！

“我不去。”他说，“就这样。”

“艾丽斯！”弗格斯哀求道，“我们好好谈谈吧！”

但是艾丽斯已经走了，而杰西扭头看着别处。弗格斯叹了口气，把背包甩到背上，追了上去。

海滩又恢复成了原状，潮水把他们燃烧篝火的痕迹冲得干干净净。杰西以为他在水里看见了一个滑溜溜的黑脑袋，其实只是块在水面上下浮动的浮木。

“我一定会赢的，”他大声说道，“我要让他们瞧瞧！”

他的话被风吹散了。

艾丽斯和弗格斯沿着前一天走过的小路，向一个十字路口走去。杰西不用看地图就知道，如果他们想往北走，就得向左转，而他要向右转。右转，接着朝内陆走，然后他就赢了，因为没有人比他更快或比他更强。

尤其是在没有人拖他后腿的情况下。

他会赢。

他会赢！

除了——如果失去了一半的队员，他还能赢吗？他的心拧了一下。

他曾经很高兴成为他们团队的一员。

他们现在停下了，正在看地图。“左边。”杰西咕哝着说，“这不难，左边！”

他们向右转了。

他挥了挥手，他们没看见。他大声叫喊，他们没听见。

“噢，拜托。”他叹息道。

他们说得没错，他们不能没有他。这一点儿都不奇怪，奇怪的是，他不想让他们脱离他单独行动。

“等等！”他再次大喊。这一次他们停下脚步，回过头来，咧着嘴笑了。

“等等我！”他大吼一声，然后跑了起来。

毕竟，杰西一直渴望着一场真正的冒险。

冒险就在眼前，且乞求他加入其中。

第二十七章
墨镜女

当然，艾丽斯背包底部的包裹问题依然存在，而且这个问题很快就会在这个故事里闪亮登场。

包裹内物品的图片已经传遍了网络、报纸和全世界。很多人都想要包裹里的东西，警察、私家侦探，一些危险的罪犯。

巴尼·米斯尔思韦特，只有他知道包裹在艾丽斯那里。

但是——如你所知——有人在追捕他。

这也意味着这些人离她越来越近。杰西没有解释自己为什么改变主意，艾丽斯和弗格斯也没有问。但是自从杰西加入之后，他们全都笑得合不拢嘴。

“我想我给你们从计划路线里节省了两个小时。”他们停下来吃只有吞拿鱼和燕麦饼的简单午餐时，杰西告诉他们，“即使你们走的方向是对的，更何况，你们还走反了。”

“来呀，继续揭我们的伤疤。”弗格斯满面笑容，“不要错过任何一个向我们炫耀你有多么神通广大的机会。”

“他的确很优秀。”艾丽斯亲切地说，“他完全就是个奇迹。”

“奇迹！”杰西咕哝一声来掩饰自己的微笑，然后又回去看地图了，“那么我们沿着这条小径——”他在海岬上划了一条虚线——“我们去这个村庄，从这里乘坐渡轮去卢姆的莫雷格镇。”

“真正的小镇吗？”弗格斯问道，“有车、行人，还能买到真正食物的商店吗？”

“我们有真正的食物。”杰西说道。

“这我可不太确定。”弗格斯说，“我们有燕麦饼和吞拿鱼，我觉得这些不算食物。还有粥，也不算。我想我这辈子都没有这么饿过。”

“两点有一趟船。”艾丽斯说，“我们赶得及吗？我们今天下午就得穿过卢姆，这样明早才能赶上去尼什岛的船。只有这一趟，我们不能错过了。”

“如果我们快一点儿的话，一个小时就能到渡口。”杰西说。

“那我们走吧！弗格斯，你可以边走边吃！”

快乐、无忧又叛逆的三个好朋友，继续往前走。他们穿过起伏不平的大地，跑下山坡，大步跨过低洼地，跳上山坡，已然忘记了脚上的水疱和酸痛的肌肉。弗格斯吹着不成调的口哨，认真思考着有三个人参与的“犯罪计划”是多么得更胜一筹。杰西对于自己身在此处，往北而不是往南前行感到有些恍惚，他是正在探险的骑士。艾丽斯想到她是多么地爱他们两个，自己都感到吃惊。

他们再次来到海平面，咸咸的空气潮湿而黏腻。迷雾从洼地和山谷里升起，在草叶上凝结成水珠，如同裹尸布般包裹着大地。他们走到大路上时，发现道路坑坑洼洼，十分狭窄。房屋开始出现了，在白茫茫的一片之中若隐若现，仿佛幽灵一般。孩子们一边走一边跺脚——为了保暖，杰西说，但也是为了在沉闷的世界里得到声音带来的慰藉。

他们差点儿就错过了岔路口。白色的轮渡标示牌锈迹斑斑，上面用黑色勾画出一艘船的轮廓。它被撞坏了，半掩在冬青树后。杰西和艾丽斯径直走过了标示牌，而弗格斯也只是因为停下来系鞋带才偶然看见。

他们拐进一条更窄的路。

“我以为它多少会……”艾丽斯皱起脸，试图寻找合适的字眼。

“更大？”弗格斯建议道，“不那么像一条不通往任何地方的路？”

没有商店，也没有房子。码头仿佛就是道路入水的那一小截。

“在你问之前，”杰西说，“这绝对是地图上说的地方。而且，这里还有那个标示牌。”

他们满腹狐疑地注视着码头，放下背包，挤坐在路上，拉起兜帽抵御寒冷。

“这就像在卡斯尔黑格站，”杰西试着积极地说，“你以为没人会来，但是他们来了。”

“没错，”艾丽斯坚定地说，“他们来了。”

“他们刚在学校吃完午饭，”弗格斯说，“今天是牧羊人派。我走之前看了菜单，我喜欢牧羊人派。”

“还会有牧羊人派的，”艾丽斯保证道，“等我们回去的时候。一直都有牧羊人派的。”

“如果我们回得去。”弗格斯忧郁地说。

“有东西过来了。”杰西说道。

船在迷雾里若隐若现，宛如一个怪物，一群海鸥在它的尾波里旋动。船径直向他们开了过来，速度快得惊人。最后一刻，船猛地刹住了，灰褐色的水面剧烈地翻腾着。舷梯放了下来，孩子们连忙站了起来。一个身穿黄色防水衣的红脸男人示意他们退后，一辆拖拉机隆隆地从船上开了下来，后面还跟着一辆白色的小汽车和一群骑自行车的人。防水衣男人挥手招呼他们上船。

“你们是从监狱还是哪儿逃出来的吗？”他盯着他们的橙色外套问道。

“Je ne comprends pas[①]，”弗格斯用他最好的吉尔伯特

① 法语，意思是：我不明白。——译者注

夫人式法语说道，“Trois enfants，s’il vous plait.[①]”

他伸出三个手指指着自己、艾丽斯和杰西。看到防水衣男人出票，另外两个人都惊呆了。

“你这是做什么？”他们走开时，艾丽斯低声问道。

“我们在逃亡呢。”他低声回答道，“我们必须要有伪装！否则就行不通了。”

他们大笑着跑到客舱甲板上，面朝大陆靠着栏杆站成一排。大海是阴沉的深灰色，白色的浪尖被一阵冷风吹了回来。更远的地方，一艘帆船以一个不可能的角度倾斜着，飞速驶过水面，还有一只鸬鹚在捕鱼。卢姆就在几英里之外——他们已经能看见前方黑压压的一片——但他们感觉自己就像踏上未知旅程的远航者，而且世界上没人知道他们在哪儿，这使得他们更加兴奋。

渡轮发出汽笛声，吓了他们一跳。他们向大陆挥手道别。

“Au revoir[②]！”弗格斯大声喊道，靠语言蒙混过关让他有些飘飘然。

“Au revoir！”艾丽斯重复道。杰西感到很滑稽，于是他模仿起法国口音，用英语喊了声“再见”。

然而此刻，危险正在向他们迫近……

① 法语，意思是：三个小孩，谢谢。——译者注

② 法语，意思是：再见。——译者注

一辆红色的小轿车正沿着大路朝码头疾驰，车子滑行了一段距离，在水边停了下来。两个黑衣壮汉冲了出来，一边向渡轮挥手一边叫喊。

“Aspetti！等一等！”

“那是什么？”杰西问道。

“不是法语。”弗格斯说道，“我觉得不是。”

“意大利语？”艾丽斯说，“或许？”

但是舷梯已经收起，水面也再次翻滚起来，渡轮没有等他们。那两个男人挫败地垂下手臂，转身往车子走去。他们站在后车门边，恭敬地低下头，目光警惕地左右扫视。车门打开，一个娇小的女人走了出来。她穿着简单的黑色打底裤和一件厚厚的黑色派克外套，长长的头发塞在黑色针织帽里，她还戴着一副巨大的防蚊墨镜。她虽然穿着平底靴，身高刚刚够到男人的肩膀，但谁是老大，一目了然。

墨镜女没有大叫，没有跺脚，也没有责怪她的司机错过了路上的标示牌，这只是一次小挫折。她知道，很快她就会得到她想要的东西。

她抬起手，指向渡船。

弗格斯大笑着挥了挥手，但艾丽斯却浑身发抖。

她感觉那个女人在指她。

第二十八章

牡蛎

莫雷格是个美丽的港湾，这里的房子都被涂上了不同的颜色，从陡峭的山坡倒映向水面，还有一条热闹的购物街。在蔚蓝的天空下，这本该是个令人愉快的景象。但是航行期间，变天了。天空变得阴森森的，乌云低沉，空气中弥漫着对雷声的期盼。购物者有了紧迫感，没有人磨磨蹭蹭地闲逛或闲聊，大家付完钱就匆匆赶回家，为暴风雨来临做准备。

“我来过这里。”当孩子们从渡口走到镇上时，弗格斯突然开口道。他在最高一级台阶上停了下来，这个陡峭的台阶通往一个小海滩。“我想我是跟父母一起来的！我们能下去吗？”

杰西焦躁地凝视着云朵：“如果错过这趟公车，今晚我们就得在这附近找个地方露营了。下一趟公车两个小时后才到，我们真的需要在暴风雨来临前搭好帐篷。”

“如果在这里露营，我们就会错过明天去尼什岛的船。而且……”艾丽斯回头瞥了一眼他们的渡轮，渡轮已经开出了港口，返航了。等它下次回来的时候，很可能会带上被滞留在码头边的乘客，包括那个指着她的女人。艾丽斯没有把自己的不安告诉弗格斯和杰西。她也说不出为什么，就是不想在他们抵达的时候待在这里。

“离公车来还有二十分钟。”弗格斯一脸渴望地凝视着沙滩，“而且它就停在台阶这边。”

“不行，”杰西说道，“如果公车早到了，你还在沙滩上，它又不等你怎么办？你可以在我们回来的路上……”

“没关系，”艾丽斯打断道，“去吧，公车来了我们会喊你的。”

“我会很快的！”弗格斯保证道。

他匆忙爬下楼梯，朝水边跑去，然后沿着沙滩奋力奔向海滩那头的黑色岩石。

“你为什么要让他去？”杰西抱怨道，“这个海滩又不怎么样，一股鱼腥味。”他皱了皱鼻子，“不好闻。”

“他跟父母一起来的，”艾丽斯喃喃地说，“所以这很重要。”

关于弗格斯和他的父母，以及艾丽斯父母的事情，杰西本想再多问一些。但是看到她恍恍惚惚心不在焉的样子，他知道这意味着她不会再说了。

起风了，天也暗了，船只乘着涨潮涌起的浪花驶入港口。公车来的时候，弗格斯还在海滩那头徘徊。司机不想等他，他不得不跑着赶公车。上车的时候，他满脸通红。

然而，当公车蜿蜒地驶过岛上的小山和山谷时，他的脸色却越来越苍白。等他们到达目的地时，他脸色惨白，浑身冒汗。

公车把他们丢在码头附近的一个中等规模的村庄里。与大陆上的码头不同，这个码头有一个停车场、一个像样的船坞、一栋长长的标有“票务”和“问讯”的低矮建筑，还有一个停满船只的港口。这些船只全都在近海处下锚停泊，为即将到来的暴风雨做准备。艾丽斯本想多待一会儿，问问哪一艘是去尼什岛的船，以及他们能不能从这儿看见尼什岛，但是杰西不让她这么做。现在风刮得很大，潮湿的空气预示着暴风雨马上来临。他们还要走一段路，才能到达杰西在地图上找到的露营地，把他们的帐篷搭起来。

“我们必须在暴风雨来临前把帐篷搭起来。”杰西重复道。他带领着其他人沿着公车开进来的路往回走，在村后一百米的地方左转，拐进一条狭窄的林荫小道，两旁是空旷的沼泽地。走了五百米，他们经过一栋孤零零的白色石头房子。房子在一个杂草丛生的花园里，远离小路。又走了两百米，他们抵达了露营地。小小的露营地空旷而简陋，只有一个垃圾桶，一个水龙头和一个上了锁的厕所；一排树和一堵石墙挡住了一点儿风。在露营地的另一边，他们被树木挡住了视线，却依然能听见大海的怒吼。

“我们开始干活吧。”杰西肩膀一抖，甩掉背包，把帐篷拉了出来。

弗格斯用双臂环抱着自己说：“我要去海滩。”

“还去？”杰西怒不可遏，“弗格斯，搭帐篷！快下雨了！我们必须准备好！弗格斯！”

“别管他了。”弗格斯离开后，艾丽斯把一只手搭在杰西的胳膊上。

“但这不公平！”

“我们能应付得了。”

杰西嘟囔着不再理会了。

一阵狂风严重扰乱了他们的工作。他们一打开帐篷，帆布就疯狂地拍打着，停不下来。等他们搭好了以后，帐篷没有一个边是直的，也没有一个角度是对的。

“弗格斯现在必须回来，在下雨之前。”杰西望着天空说道，“否则帐篷里面会很湿，还很不稳定。”

“我这就去找他。”艾丽斯说道。

这个海滩比上一个还要小，白色的小海湾几乎被汹涌的海浪完全淹没。在狂风的呼啸中，艾丽斯拉起兜帽，沿着狭长的沙滩奋力向弗格斯走去。弗格斯面朝大海，坐在涨潮线正上方。

“回来！”她走近时，大声喊道，“杰西说我们必须在下雨之前进去！”

“我喜欢这里！”他喊了回去。

艾丽斯一屁股坐在他身旁。

“杰西真的会生气的。”她说道。

“我不在乎。”

认识弗格斯这么长时间以来，艾丽斯从没见过他如此沮丧。她向后将头靠在手肘上，扬起的眉毛拧成一个问号。

“我小时候，”弗格斯终于说道，“大约六七岁，我们游览了苏格兰的岛屿，我想我们在莫雷格停留了一晚。我不大记得了，只记得我们在一起。”

艾丽斯捏了捏他的胳膊。

“你知道吗，艾丽斯，我希望我们不要及时返回。我希望我们被困在你爸爸的岛上，然后学校派出大规模的搜救队，就像我一直想要的那样，而且我的父母还几乎担心得要死。他们都很差劲，艾丽斯，他们就是很差劲。”

“嗯。”她说。

“对不起。”弗格斯的脸色变得十分苍白，她担心他可能会哭出来。

“没关系，弗格斯，真的。但是我们现在真的要走了，马上就要下雨了。来吧，来帮帮忙，吃点东西。”

“我不饿。”

雨开始下了起来，先是几大滴，然后停了，仿佛云朵屏住了呼吸。艾丽斯站了起来，拉起身后的弗格斯。海天之间的分界线消失了，它们全都是铅色的。

“我不饿。”弗格斯重复道，“因为我刚才吃了个牡蛎。”

“牡蛎！”

"以前度假的时候，爸爸妈妈经常这么做，直接吃岩石上的牡蛎。我在莫雷格的海滩上捡了一个，艾丽斯，我觉得我要……"

大雨倾盆，他吐在了沙滩上。

第二十九章

在天空的映衬下，若隐若现

艾丽斯和弗格斯一下子就被淋得湿透。艾丽斯顶着呼啸的狂风，拽着脸色发青的弗格斯。在弗格斯把再次呕吐的秽物溅到了她的胳膊时，她忍住没作呕。

露营地周围的树木被风吹弯了，几乎与地面平行。杰西穿着全套的防水装备，正摇摇晃晃地向帐篷走去。他抱着一堆石头，想用来固定快要被吹散了架的帐篷。

“你们去哪儿了？”他朝另外俩人喊道，“快来帮我！”

弗格斯跪倒在地，艾丽斯试图把他拉起来。他呻吟着，在潮湿的沙子上蜷成一团。杰西丢下石头，向他们跑去。

“起来！”艾丽斯向弗格斯喊道（她可能还踢了他一下），“起来！”

“怎么了？”杰西大叫道。

“我觉得他食物中毒了！”

“什么？但他什么都没吃啊！”

“快帮帮我，杰西！”

艾丽斯和杰西一起把弗格斯从地上拉了起来，转身向帐篷走去……

“噢，不，”杰西说，“噢不，噢不，噢不……”

帐篷不见了。

他们三个背包的重量让帐篷没法飞太远，但是一阵狂风把帆布吹得鼓了起来，并把它甩到墙边，变成湿漉漉的一团。

杰西放开弗格斯，跑了过去。艾丽斯犹豫片刻，也追了上去。留下弗格斯一个人，弯下腰，对着沙滩干呕起来。

“有多糟糕？”艾丽斯叫道。

“很糟！”

帐篷卡进墙里，拉绳缠在了帐篷门横档上。艾丽斯和杰西又拉又拽，用冻僵的手指不停地扯着绳结，还有一些布料也被生锈的横档钩住了。杰西正想方设法把它弄下来时，另一阵狂风吹来，帆布打在他的脸上。即便在狂风之中，他们也听见了布料撕裂的声音。

他们不得不面对现实。

今晚谁都没法睡在帐篷里了。

他们孤零零的三个人，在一座小岛上，远离家乡。暴风雨中，水顺着他们的脖子流进他们的衣服，流进靴子里。没人知道他们在哪儿，他们害怕极了。

漫长的几秒钟时间里，谁都没说话。然后弗格斯打了个喷嚏，杰西振作了起来，他用力地把背包从毁坏的帐篷褶皱里扯了出来。

“我们得回村里去，”杰西说，“我们去酒吧找人帮忙。”

他们知道，一切都结束了，没有酒吧老板会二话不说就收留三个迷了路、浑身湿透的小孩。冒险还没真正开始就结束了，挑战赛输了，无法去巴尼的岛上见他。他们三个之中，艾丽斯的遗憾最深，但所有人的心都碎了。

离家出走的小孩们疲惫而沉默，他们沿着大路往回走。杰西背着他和弗格斯的背包，艾丽斯背着她自己的，他们在两边扶着弗格斯。在露营点入口，他们停了下来，想把帐篷扔进垃圾桶，但垃圾桶却放不下。杰西咒骂起来。

“别管它了。”艾丽斯说道。

“让它被吹进海里，被一些可怜的鲸鱼吃掉，或是把一只海豚勒死吗？”杰西怒气冲冲地问道，“我可不想这样。”

一道闪电划破了天空，隆隆的雷声随之而来。只听见一声尖叫，接着是骇人的断裂声，一个黑影朝他们冲了过来。

百米开外，一棵树嘭的一声横在路上。如果刚才没有停下来，他们现在就会在那棵树下。

过了好一会儿，都没有人说话。随后，杰西颤抖着说：“我们得绕着它走。”

“不！”艾丽斯伸手拉住他，“有雨！还记得练习赛我们被困住的那次吗？看地上！这条道几乎成了河。我们周围都是沼泽，杰西，我们会陷下去的！”

“那怎么办？”杰西吼道。

又是一道闪电。有几秒钟，他们先前经过的那栋房子的轮廓显现出来，在天空的映衬下，若隐若现。

“那里！”艾丽斯大喊一声，跌跌撞撞地跑了过去。

第三十章
超级无敌有趣

一个黑色的标示牌钉在木门上，上面用白漆写着这栋房子的名字：卡尔瓦。孩子们踉踉跄跄地走上一小段未铺砌的车道，来到一个小门厅。他们砰砰地敲着前门。

没有人。

“现在怎么办？”艾丽斯问道。

“我们绕到后面去看看。”杰西说。

他们扶着弗格斯穿过乱糟糟的花园，来到一块草坪。大大的提拉窗俯瞰着草坪。

“有人吗？有人吗？”

雨下得更大了。还是没有人。

“没有锁，”杰西一边说一边把脸贴在其中一个窗户上，“窗钩看起来也很旧了，退后。”

他抓住上窗框的把手，猛地向下拉。其他两个人惊讶地看着他，然而窗户却纹丝不动。他又猛地拉了一下——一下——又一下。脆弱的窗钩裂开，变形了，杰西拉开了窗户。

“我们进去吧！”他咧嘴笑道。看见其他两个人都盯着他看，他问：“怎么了？”

“你从哪儿学来的？”艾丽斯问道。

“我没有！我是说，很明显啊。不是吗？噢，天啊，我不是入室盗窃的贼！”

弗格斯说：“依据规定，你不再是‘死脑筋小队长’了。”他刚说完就吐在了花圃里。

他们一个接一个地从窗户爬了进去。房间很大，有石头地板和厚实的窗帘。沙发摆放在壁炉前面，一排排书架靠墙而立。要说有什么不同的话，这里比外面更冷，而且房屋因为密闭太久，散发出潮湿发霉的气味。弗格斯又打了个喷嚏，紧接着，一股恶臭钻进了他们的鼻孔里。

“对不起，”他哑着嗓子说，“我憋不住了。现在牡蛎要从另一个出口出来了。”

客厅通往一条石头走廊，走廊上的门通向一间老式农舍厨房。他们在厨房的尽头发现了杂物间，里面有淋浴、洗衣机、滚筒式烘干机和——谢天谢地——另一扇通向厕所的门。杰西把弗格斯推了进去。

“你尽情释放，”他说道，“我去弄一下淋浴。”

人在绝望的时候很快就能适应“犯罪”生活，这真令人吃惊。一开始，他们蹑手蹑脚地在房子里走来走去，几乎什么东西都不敢碰。当卡尔瓦逐渐开始显山露水时，他们的胆子也越来越大了。杰西发现了热水开关，他们用冷水冲掉了最脏的泥巴、沙子、粪便还有呕吐物。水一热，他们又都洗了好长时间的澡。他们把脏衣服放进洗衣机，再把干净的衣服和睡袋放进了滚筒式烘干机。同时，他们还在楼上的房间里找到了浴袍和睡袍来穿。他们不知道怎么开暖气，但是壁炉旁有成堆的木头。现在，杰西的脸皮厚了起来，他生了一堆火。他们从楼上的卧室里拿了被子，在壁炉前的一个沙发上为弗格斯铺了床。他们在楼上的浴室里发现了热水袋，还从厨房里偷了茶，让弗格斯一勺一勺地喝，直到他的牙齿不再打战。当弗格斯暖起来之后，杰西给他自己和艾丽斯热了个焗豆香肠罐头，还开了个桃子罐头配上卡仕达酱作为甜点。这些全都是偷的。弗格斯又喝了更多的茶，并表示他可能再也不吃东西了。

“但是我不介意，”他说道，“以前我觉得食物是幸福的重要来源。但是现在我发现，当树木在你身边轰然倒塌时，当你的身体开始从各个孔窍清空时，没有被雨淋，这就足够了。”

杰西哼了一声，说他们对此都松了一口气，如果明天他还没好的话，他们会设法为他找个医生。

“我想打电话来着，但是电话线不通。收音机也没有信号，但也许明天它们就都好了。如果没好，我就去村里。”

“然后告诉他们，我们闯入了一栋房子？”

“他们会理解的。”杰西的话听起来有些不太确定，“我们或许还应该给学校打个电话。”

艾丽斯和弗格斯注视着他，大为震惊。

“可我们明天要上岛啊！”艾丽斯大叫道。

“艾丽斯，弗格斯脸都青了！”

“没有刚才那么青。”弗格斯争辩道，他绝不能因为自己效仿父母吃牡蛎而让计划失败，“我的脸色越来越不青了。杰西！我们挺过了大风暴，毒牡蛎和长途跋涉。还能出什么事呢？这超级有趣的，不是吗？我觉得超级有趣！而且刚才，我的屁股和嘴巴同时漏了。”

艾丽斯的凝视从惊愕变成了恳求。

“是很有趣。”杰西承认道。

“超级有趣。”弗格斯纠正道。

“超级无敌有趣。”杰西笑了。

“那我们一致同意了？”弗格斯坚持说，“我们不去看医生，不给学校打电话，也不做任何诸如此类的蠢事？我们继续执行这个计划？”

艾丽斯用力地点了点头。

“只要弗格斯能好起来。”杰西提醒道。

“噢，我会好起来的，我的朋友。我绝对会百分之百地好起来的。”

卧室感觉太遥远了，于是他们全都躺进睡袋里，睡在火炉前。虽然他们都困得不行，但这一天发生了太多事情，反而让人难以入睡。

“你还记得我们第一次见面的情景吗？”弗格斯打了

个哈欠，“你绝对想不到，事情会发展到今天这个地步，对吗？”

“我倒是不怎么惊讶，”艾丽斯说，“你总是惹麻烦，而杰西……”

“杰西从没惹过麻烦——直到今天为止。今天，他惹上的麻烦比这辈子还要多。你绝对猜不到杰西会这么做。”

“谢谢你们让我听起来如此有趣。”杰西说道。

“在你打断我之前，我想说的是，杰西总是在照顾别人。”艾丽斯扭头对他微微一笑，“还记得在火车上，你跟我分享了你的野餐吗？”

杰西回以微笑。他当然记得！尤斯顿火车站，他的哥哥们，他们的第一次相遇——感觉像是上辈子的事情了。他又看见了他自己，在铺位上低着头，鼓起勇气向她解释他尿裤子的真相。

“我不敢相信当时我那么尴尬。”他不假思索地说，接着就咒骂了自己，因为弗格斯问道：“你为什么尴尬啊？”

“没什么，一些傻事。”

“是什么啊？”

“我说了，没什么。”

“真的没什么，弗格斯。”艾丽斯低声说。

“但我想知道！我们是一个团队！我们没有秘密！”

“我五岁的时候，我哥哥挠我痒痒，然后我尿裤子了！”

他的话让大家震惊得说不出话来。

“对不起，”杰西喃喃地说，“只是有时候弗格斯太烦人了。”

他们笑得太厉害，眼泪都快流了出来，就连杰西也一样。

说实话，他们笑得太厉害，他们全都差点儿尿出来了。事实上，弗格斯真的尿了，不过就一丁点儿，尽管他不愿意承认。今天这一天，他已经释放了太多尴尬的液体了。

在度过了这样的一天之后，放声大笑的感觉好极了。

然而他们不知道，学校已经发现他们失踪了。

第三十一章

发布一份完整描述

没人记得风暴湖有过这样的暴风雨。风呼啸着穿过山口，在树林里撕开一道口子。船库屋顶的瓦片纷纷掉落。

湖泊阴沉地咆哮着。

女舍管把勤俭节约抛到了九霄云外，紧急制作了热巧克力。高高的塔楼上，少校在跟马多克通电话。马多克现在正待在格里盖奇的一家青年旅舍里。

“我几乎把所有的队伍都接回来了，”马多克说，“大家挤一挤，这里的空间还是足够的。”

“你说几乎……”马多克不由得眉头一皱。

“最后一组恐怕根本没有到达他们的目的地，他们今晚本该在距这里几英里的地方露营，而且应该穿过了村庄。但我四处询问，却没人见过他们。金特龙博士和劳伦斯教授已经尽可能地追踪了他们的线路，但却没有他们的踪迹。我不得不打电话报警。”

“是哪一组？”

“弗格斯·麦肯齐、艾丽斯·米斯尔思韦特和杰西·奥库约。”

“好了，好了。”少校心想。杰西、弗格斯和艾丽斯。他为什么一点儿都不惊讶呢？他曾怀疑把这三个孩子分在一队是否明智——两个孩子有惹麻烦的隐患，还有一个急于破坏几条规则，但是他觉得他们或许会互相帮助。当然，也没有证据证明他们没有那么做，他仔细琢磨着。这时，雷声震得他的窗户咯咯作响，小猫受到惊吓，钻到了沙发底下。只是天气不太好……又不是在战区。又是一声霹雳，这让他想起恶劣天气可以跟敌人一样危险。有的时候，更加危险，他想着想着记起了东南亚的洪水和澳大利亚的沙漠大火……

“我们唯一的可能的目击者是一位船夫，他载了三个孩子去卢姆。”马多克说道，“但他以为他们是法国人。”

“法国人！”

“是的，先生。两个男孩和一个女孩，穿橙色雨衣。”

“他们到底要去卢姆搞什么鬼？你能过去那里吗？”

“今晚不行，先生。我问过了，这种天气，没船出海。”

少校看了看窗外。“我怀疑哪怕开着路虎，我也走不了多远。好吧，马多克。我会联系他们的家人，然后我会尽快去跟你会合。与此同时，我希望通知警察和海岸警卫队，并向他们汇报所有情况，发布一份完整描述。肯定有人见过他们。”

大雨滂沱，狂风呼啸。苏格兰西部，每家每户都锁好门窗，聚在家里讲故事。牲畜在树下挤作一团，小鸟们紧紧地抓着它们的巢。一个小村庄拥挤的青年旅舍里，马多克正在打电话。狂风呼啸的海岸上，巴尼正在聆听大海的咆哮。卢姆一家老式乡村旅馆里，一个穿着黑色衣服的矮个儿女人正在她的房间里来回踱步。

在被盗的房子的客厅里，三个离家出走的孩子疲倦不堪，睡着了。

“还能出什么事呢？”弗格斯曾经问道。

很多，我的朋友。真的很多。

第三十二章

是因为全球变暖

艾丽斯突然惊醒，在黎明的光线里，她显得很苍白。她确信有人在监视她，于是惊恐地望向窗户。那里一个人都没有，可她却依然无法摆脱这种感觉。夜里，她又梦见了那个空荡荡的走廊，这让她感到焦虑不安。当她记起今天就是见巴尼的日子时，她的心跳得更快了。

她看了看时间，现在是五点半，去尼什岛的船两小时后出发。杰西上了六点的闹钟，但她无论如何都睡不着了，也没法静静地躺着。于是她从睡袋里溜了出来，小心翼翼地不吵醒其他人，然后拿着睡袋去杂物间上厕所。滚筒式烘干机里还有衣服，她把它们全都拿了出来，然后把自己的衣服叠好放进了背包里。

而在她的背包底部，袜子中间，安放着巴尼的包裹。

恐怕这还不是你发现里面是什么的时候，耐心一点儿——我保证你很快就会知道的。现在，艾丽斯只是摸了摸包裹，就像她在学校的房间里一样，并再次试图猜测里面是什么。她不允许自己问，为什么送给她包裹却不允许她打开，或去怀疑连一封信都没写过的巴尼，会费尽心力把它寄出去。她只知道自己太紧张，都快要吐了。

快六点了。她回到客厅，男孩们还在沉睡。杰西正趴着打鼾，而弗格斯则仰面躺着。她踮起脚尖看了看他，即便在昏暗的光线里，她也看得出他的脸色仍旧十分苍白，眼睛下方还有青紫色的斑点。

如果他的身体状况无法出行呢？杰西说过他们不会去的。这让艾丽斯觉得难以忍受。

突然间，没有经过思考，也没有权衡后果，更没有做任何在重大决策之前应该要做的事，艾丽斯做出了决定。

她小心翼翼地拾起杰西的手机，关掉了他的闹钟，接着返回杂物间，尽可能安静、迅速地穿好了衣服。她拿起自己的背包。后门上挂着一个钥匙。她走了出去，轻轻地关上门，然后独自一人溜进了花园里。

风已经平息了，然而雨还在下，她庆幸自己穿着学校的雨衣。潮湿的空气里散发着泥土的清香，道路和周围的田野也因雨水变得滑溜溜的。她来到倒塌的大树跟前，绕过了它，每一步都小心翼翼。安全起见，她的手一直扶着树干，以免大地突然变成沼泽，让她陷进去。她努力不去想杰西和弗格斯，以及他们醒来找不到她时的反应。然而，沉重的内疚感和紧张感已经让她的胃里一阵翻腾。

她提前半个小时到达了码头。她站在水边，看着起伏的海浪，等待着。厚厚的云朵，低沉的雾霭，波涛汹涌的黑暗大海……她突然想到她还不知道尼什岛在哪个方向。当然，杰西肯定是知道的，但她不去想他。她把注意力转向巴尼，她不知道他是否已经在尼什岛上，还是在路上，或者——一个念头如雷电般一闪而过——即将和她登上同一艘船？她听见了脚步声——有人来了，她幻想着，心都提到了嗓子眼儿……

“还好吗，小姑娘？”不是巴尼，是一个满脸胡须、穿着厚实的防水衣的老人。

“我在等去尼什岛的船。”她告诉他。

“等船？”老人哆嗦着喘着粗气，似乎觉得她很可笑，“海面这个状况，今天没有船去尼什岛和其他任何地方，小姑娘，就连去内陆的轮渡都没有。你夜里没看到暴风雨吗？”

“一……一艘船都没有吗？”艾丽斯结结巴巴地说。

“他们说是因为全球变暖。”老人随口说道，“天气越来越糟，海平面上升，还有——”

“到什么时候？”艾丽斯询问道，“直到什么时候才有船？”

老人被打断了，他不以为然地说：“也许明天吧？”

“但我必须今天去！”

“那你去不了。”老人眯起眼睛，“你不是应该在学校吗？”

她突然意识到自己看起来有多可疑——一个女孩在上课日冒着倾盆大雨独自外出。

“我在做一个专题研究，”她胡诌道，“是地理课的。我们……我们在数鸟！”

说完她便转身逃跑了。

失望，令人绝望。艾丽斯觉得自己承受不了，她都这么接近了！她还以为今天会见到巴尼呢——她甚至幻想到了他的脚步声！他现在在哪儿？她痛苦地思索着。他是不是在卢姆的什么地方找船？还是他已经在岛上了？

他会等她吗？

巴尼就是这样。你永远都不知道。

艾丽斯走出村庄就开始哭，一直哭个不停。她哭着从大路走向海滩，她哭着穿过卡尔瓦乱糟糟的花园来到后门，她哭着走进房子。迷迷瞪瞪的弗格斯和杰西摇摇晃晃地从客厅走出来，看到她的眼泪滴滴答答地落到油毡地板上，大声惊呼起来。

他们脱下她的雨衣和靴子，带她上楼，挤了好多泡泡浴，给她放洗澡水。他们还烧了热水，用来装更多的热水袋，泡更多的热茶；他们把她从浴室门递出来的衣服放进了滚筒式烘干机里。当她走下楼时，他们把听到的信息以及他们的决定告诉了她。

第三十三章

这里跟俄克拉何马州真不一样

艾丽斯简直不敢相信自己的耳朵。

“学校知道我们失踪了！”弗格斯说道，“广播上都播啦！他们描述了我们的样貌和其他情况。”

“警察正在找我们。”杰西解释道，“他们知道我们在这儿，我是说在卢姆。他们正在寻找目击者。”

“他们说我是白种人，姜黄色头发，戴牙套！”

“老实说……”杰西的声音被弗格斯愤愤不平的目光压了下去，“关键是，我们已经有麻烦了。”

“所以——”弗格斯在餐桌上敲起了鼓——“我们觉得，等船恢复航行后，我们不妨继续前进！”

“什么？”艾丽斯一脸茫然，她看看弗格斯，又看看杰西，然后又看着弗格斯，“但是……”

“我们需要伪装。”杰西严肃地说，“而且我们得想一想该怎么跟学校说，你知道的，等我们回去以后。如果我们只说迷路了，我觉得他们是不会相信的。但我们或许可以说，我们真的很想看看海鹦。”

“从现在开始，”弗格斯深情地凝视着杰西，叹息道，“我要叫你叛逆队长。”

“但是爸爸……本该是今天的……我不知道在哪儿……如果明天太晚了怎么办？”

“如果他已经在尼什岛上了，他就走不了。”杰西说，“如果他还没上岛，那么他可能会猜到你今天去不了，他也会明天再去。大概吧，我是说，我们也不能确定……”

“但这值得一试！”弗格斯大叫道。

艾丽斯的大脑飞速运转。学校……已经有麻烦了……巴尼，还有天气……全都合情合理。

多少吧。我的意思是，对她来说合情合理。除了一件事……

“但是为什么？”她问道，“我离开了你们，我关掉了杰西的闹钟。”

“这倒是挺过分的。”弗格斯承认道，“说实话，我们气坏了，尤其是杰西。‘我放弃了***挑战赛不是为了艾丽斯去***并且***会离开我们。’[1]这是你说的，对吗，杰西？”

杰西希望弗格斯不要这么口无遮拦，他嘟囔着说那是在气头上之类的，但是他之前确实有点儿生气。

“气坏了。”弗格斯纠正道，“但是没关系，都已经过去了，而且我们爱你。对吗，杰西？”

杰西红了脸，喃喃地说着是的。

---

① 此处用星号替代了原文一些脏话。——译者注

“那就这么决定了！”弗格斯笑容满面地说，“我们要去找你的爸爸、城堡，还有海鹦！”

“就像一场探险。”杰西害羞地说。

艾丽斯不知道该说些什么。她揉了揉眼睛，抽了抽鼻子，凝视着地面，阻止自己再次哭起来，可她最终还是放声大哭并哭喊着：“我真不敢相信你们要为我做这些事！”

弗格斯笑了笑，然后亲昵地捏了捏她。

太多的情感让杰西招架不住，他逃去厨房泡茶了。

再次声明，我不是说你也要做同样的事。我敢肯定你是个理智的人，你可能会说：“我们别再浪费警察的时间去冒险了，尤其是在结果如此不确定的情况下。”以及：“我们体贴一点，别让学校、家长、哥哥、姑妈和所有关心我们的人着急。别让他们为在有史以来最严重的暴风雨里、在露营途中迷路的我们现在身在何处而担忧。”

但这不是你的故事，而且艾丽斯、弗格斯和杰西有更有趣的事情要考虑。有一位父亲要找！有一个计划要展开！有一个全新的岛屿要探索！

“那么，伪装！”弗格斯说道，“我应该把头发剃了吗？我能把我的牙套摘下来吗？”

“我们可以戴个帽子，弗格斯。”艾丽斯不再哭泣。她在杂物间一个装满户外衣物的盒子里匆忙翻找着。“瞧，这儿有个毛线帽——我们全都应该戴上帽子！这里还有连帽防风衣和外套，可以替代我们学校的橙色雨衣。你只需要一直闭着嘴巴藏起牙套就行了。”她咧嘴一笑，“这可能是最难的。”

“过分。”弗格斯说道。

“他们怎么描述杰西的？”

“高个儿，混血。”弗格斯说，“那就祝你好运咯！或许杰西可以假装成美国人，这样就能迷惑别人了。杰西，说点儿美式口音。”

“我才不要。”

“杰西！”艾丽斯恳求道。

“不要！”

“毕竟他不是为欺诈和诡计而生的。”弗格斯低声说道，“他可能都不知道这两个词是什么意思。”

“我能听见，弗格斯。”杰西怒吼道，“而且我知道欺诈和诡计是什么意思，它们的意思是撒谎。”

“规矩就是规矩。”弗格斯叹息道，“你是个糟糕的罪犯，可能都不是一个优秀的探险家。”

杰西瞪着他。

“你好啊！”杰西用美式口音怒喝道，“你今天过得怎么样？这里跟俄克拉何马州真不一样！”

“俄克拉何马州？”艾丽斯说。

“你觉得真正的美国人真的会这么说吗？”弗格斯咧嘴一笑。

“我发誓有一天我要杀了你！”

“不，你不会的。”弗格斯把一顶粉色的毛绒帽套在头上，“你爱我，我们俩你都爱，所以你才会这么做——刚才那个，还有探险练习。”

我们现在快到全员会合的重要时刻了——探险的孩子，追踪他们的人，巴尼，警察，少校，艾丽斯背包里那个麻烦的包裹……你只要翻翻书就知道这一时刻快到了——不管是在哪一页。

但那都是明天的事了。

今天，艾丽斯和弗格斯还有杰西，要在卡尔瓦搜刮更多的食物。他们要从藏书颇丰的书架上拿些书来读，再去找一副扑克牌，杰西要把他从哥哥那儿学来的游戏教给另外两个人。等雨停了以后，他们要去海滩与浪花赛跑，还要拿着被暴风雨冲上来的海带互相追逐。

今晚，弗格斯将完善他们的伪装。杰西会一丝不苟地为卡尔瓦的主人写一个清单，详细罗列他们拿走的所有东西，并保证会偿还食物、支付电费，并退还衣服。艾丽斯则会蜷在沙发上，试图写一个关于海盗和岛屿的冒险故事，故事里或许还有神奇的海豹。但是，她生平中将第一次意识到，她现在对编故事没多大兴趣。

她反而会开心地坐在火边，看着飞舞的火苗，听着男孩们友好地拌嘴。然后她会想，这个偷来的房子，他们昨天才住进来，明天又要离开，而这里却有家的感觉，这是多么奇怪啊。

第三十四章
约有李子那么大

去尼什岛的船很小，船头有一个避雨的船舱和四个木质长椅，船尾有一个露天甲板，上面有很多的座位。孩子们一致同意分头行动，以免引起怀疑。艾丽斯和弗格斯率先登船，他们走到后面的座位上，她假装读书，他则把自己的脸藏在了一份废弃的报纸后面，这个有用的道具是他在终点站的垃圾桶里捡到的。杰西与六个衣着光鲜的西班牙学生一起，跟在一家印度人身后，溜达着上了船。一个拿着大相机的澳大利亚老人跟在他们后面。

“你觉得这个老人看起来像美国人吗？”弗格斯低声问道，“他什么话都没有说呢。”

“别再盯着他看啦！”艾丽斯生气地低声说，“看看水，看看天，或者我也不知道——看看鱼吧！反正别说话了，要不然别人会看见你的牙套的。”

弗格斯叹了口气，继续回去看他的报纸。

“请不要认出我们，”艾丽斯屏息祈祷着，“拜托，拜托，拜托……”

没有其他乘客登船了，船长鸣了两次汽笛，西班牙学生欢呼起来。一个满脸粉刺穿着防水工装裤的小伙子解开了缆绳，一个女人和一个小女孩在码头边挥手……他们出发了！

艾丽斯松了一口气。

她没有看见码头后面的山上，黑衣女人正用双筒望远镜观察着……

“请让爸爸在那里吧，”艾丽斯祈祷着，“拜托，拜托，拜托……”

弗格斯突然在她身旁叫喊起来。

“艾丽斯！”

“嘘！”

弗格斯仍然高举报纸藏住自己的脸，他双唇紧闭，用下巴指着一个新闻标题。

英国本土惊现“豹子”！

“你什么时候开始对野生动物感兴趣了？”艾丽斯悄声问道。

弗格斯把下巴歪向左边，指着一张照片。

这张照片画质粗糙，残缺不全，拍得并不太好。而且报纸的前任主人在把它扔进垃圾桶之前，还把饮料洒在了上面。然而尽管如此，有两件事却是显而易见的。

照片上不是一只豹子，而是一个女人。

并且是一个身穿黑衣的女人。

当艾丽斯开始阅读这篇文章时，她的心怦怦直跳。

臭名昭著的飞贼焦万纳·兰贝蒂——她更被人熟知的名字是“豹子”，她被发现出现在内赫布里底群岛。直到最近，兰贝蒂仍是一起珍贵文物盗窃案的主要嫌疑人。这起轰动性的盗窃案发生在艺术收藏家、亿万富翁塞尔焦·格里马尔迪家中的一个密室里。她还因涉嫌袭击塞尔焦·格里马尔迪的儿子内罗而被问询，但由于证据不足被无罪释放。

“豹子”为何会来我们北部海岸？只是来旅游吗？还是在追捕猎物？如果是这样的话，请当心——我们听说她曾因吃掉受害者而闻名！有一件事是确定的——她肯定不是为天气而来！

不过是破报纸上一篇耸人听闻的文章，却让艾丽斯不寒而栗。这篇文章让她记起了一些事，但她却想不起来是什么。

“就是错过渡轮的那个女人。”弗格斯低声说。

“我知道。”

“臭名昭著的飞贼！”弗格斯又把文章迅速浏览了一遍，“她差点儿就上了我们的船！这也太刺激了！艾丽斯，你怎么一点儿都不激动？”

“我在努力回想一些事情。”

艾丽斯思绪万千，脑子里乱作一团。无序的记忆想迫使她以某种模式串联起来，然而它们却仍旧毫无关联。塔季扬娜开车，开放日杰西的哥哥们，杰西怒目而视，塔季扬娜满脸笑容……

“等我赢了那一百万赏金，我一定会开我的玛莎拉蒂带他们去兜风……”

就是这个——悬赏！来风暴湖的第一天，她坐车从卡斯尔黑格站去学校，收音机广播——一百万欧元悬赏罗马私宅失窃的玉雕！

她全都记起来了，随之而来的是一种愈发强烈的恐惧感……

罗马……一个意大利窃贼，在苏格兰码头上盯着她……

罗马……巴尼的信寄出的地方……

意大利……包裹寄出的地方……

那么，我们到了。在苏格兰海上航行的一艘船里，周围是西班牙、印度和澳大利亚游客，而我们即将发现一个英国人从意大利给他有一半波兰血统的女儿寄了什么……

艾丽斯摸索着背包的夹扣和拉绳，手指不停地颤抖。她把袜子、绒毛衫和内衣推到一边，直到她找到了那个用棕色胶带紧紧缠着的黄色牛皮信封袋。她颤抖着拉开背包盖拉链，抽出小折刀，来回划拉着胶带。然而，胶带紧紧地粘在刀刃上，并不容易割断。她全程都把手藏在背包里，因为她知道不能让人看见她在做什么。信封袋里有一层气泡垫，气泡垫里有一个小盒子，小盒子里的稻草中……

“弗格斯，”她低声说，“有没有被盗物品的图片？”

他点点头，把报纸递了过去。

艾丽斯的世界天翻地覆。

“艾丽斯，怎么了？”

艾丽斯睁大眼睛，向他点点头，示意他瞧瞧背包里面。

“太黑了，”他说道，“我看不见。”

她仍然遮住它，朝光亮处抬起手。

艾丽斯的掌心躺着一个骑龙男孩的玉石小雕像，约有李子那么大。

这个雕像呈淡绿色，雕刻精细，精美绝伦。它看上去似乎在隐隐发亮，摸上去出奇地温暖。男孩骑着龙，头向后仰，看着他不由得让人想要骑上属于自己的龙快乐地起舞。而龙虽然小，但却浑身充满了权力、危险和力量的气息。世界上任何地方都没有像这样的玉雕，只有众所周知的一百万欧元悬赏，而且归还雕像的人不会被追问任何问题。

最重要的是，就我们的故事而言，它在艾丽斯的背包里。

船在淡蓝色的天空下继续航行，阳光在海浪上闪闪发光，让人完全看不出这里刚刚经历过一场暴风雨。他们经过了一座盘旋着海鸥和海雀的有黑峭壁的岛屿，还经过了一座跟学校运动场一般大的岛屿。澳大利亚人拍起了照，印度那一家人正吃着野餐，西班牙学生们戴着耳机听着音乐。杰西独自一人坐在前面，研究着地图。艾丽斯和弗格斯对这一切都视而不见，他们盯着艾丽斯放回雕像的黄色牛皮信封袋，惊慌地小声争吵起来。

“它怎么会在这里？”弗格斯生气地低声说道。

“我不知道！爸爸寄来的！他让我带上它。”

“你怎么不告诉我们有个包裹？”

“我根本没想过这个问题！”

他们都知道这是个谎言。

“我们必须把它交上去，”弗格斯坚持道，“我们必须直接返程去找警察。”

“然后说什么呢？”

“我不知道！我不是这方面的专家。总之，看……这里说了‘不会被追问任何问题’。”

“总有问题要问的，”艾丽斯说，“尤其是你还是个小孩。”

“但是那个豹子女，她肯定在找它！”弗格斯恍然大悟地惊呼道，“艾丽斯，她指着你——她一定知道你是谁！我们必须去找警察！就说我们是在海滩上捡到的。”

“说的好像他们会相信似的！”

正当他恼火地要问是否她还有更好的主意时，她扭过头来，绝望地低声对他说：“噢，弗格斯……爸爸！”

她冒了这么大的风险去找他，就是因为她太需要相信巴尼想见她——相信这是那些疯狂的冒险之一，相信那些冒险造就了今天的他们——巴尼和艾丽斯，父亲和女儿。而现在——她不能相信他只是在利用她，给他带一个偷来的雕像。她不能相信他是个贼。

“肯定是有原因的。”她难过地说。

弗格斯的震惊、恼怒和惊恐全都离他而去，取而代之的是另一种情绪。他花了好一会儿才辨认出来，当他认出来时，他对这种情绪如此强烈感到惊讶不已。

咬紧的牙关，短促的呼吸，他身上的每一块肌肉都绷得紧紧的。

艾丽斯的父亲在利用她，她不应该受到这样的对待。

弗格斯因为艾丽斯没有告诉他包裹的事而感到沮丧，但是巴尼·米斯尔思韦特让他怒不可遏。

离开卢姆两小时三十五分钟后，他们停靠在尼什岛一个小沙滩旁的浮动码头边。潮滩在海滩后面延伸开来，急匆匆的鸻和沉着的红嘴蛎鹬在此地巡逻，它们正趁着潮滩被潮水淹没前，挖掘食物。远处，一条小径穿过矮草地，爬上悬崖，通向岛上的其他地方。

“你们有一个小时。”他们排队下船时，船长说道，“你们会看见岛屿中央凹陷下去了，那里有个牌子，不要到那里去。如果涨潮时，你过去了，那么就只能叫海岸警卫队把你弄回来了。”

杰西走在他们前面，继续假装他们不是一伙的。他故意走得很慢，让其他乘客先走过去，然后在悬崖脚下小径的拐弯处等他们。那里被锋利、嶙峋的岩石挡住了。

“那么，”他们接近杰西时，弗格斯对艾丽斯吼道，“你准备怎么告诉他？”

但杰西自己也有新发现，并在艾丽斯开口前就说了出来。

“我把地图看了又看，”他说，“但就是找不到，我还问了船长。艾丽斯，我很遗憾——尼什岛上没有城堡。”

第三十五章
肯定有座城堡

“什么意思，没有城堡？”弗格斯大叫道，“最关键的就是城堡！”

“尼什岛上没有城堡，”杰西重复道，“从来都没有。我们来错地方了。”

他们都用责备的目光看着艾丽斯。

没有城堡！艾丽斯的世界再次翻转，但是不知怎的并没有上下颠倒。没有城堡说不通啊！她急切地仔细回想了带她来这儿的每一步——图书馆里的调查，巴尼的信，那么隐晦，那么简短——她会不会理解错了呢？但还能是什么岛呢？他们只有一次对话提到了苏格兰，她很确定……她觉得……

“肯……肯定有座城……城堡。”她结结巴巴地说，“爸爸说的！”

“什么？”弗格斯咬牙切齿地说，“就是那个爸爸他……”

“闭嘴，弗格斯！”艾丽斯尖叫着喊道，吓了所有人一跳。

“她怎么了？”杰西慢慢地从艾丽斯望向弗格斯，“发生了什么事？”

“艾丽斯会告诉你的。”弗格斯吼道。

一开始，艾丽斯觉得她做不到。杰西几乎是被她骗来的，她觉得，杰西曾信任她，就像她曾信任巴尼一样。她怎么能告诉他，她的父亲是个贼呢？他们面临的危险比少校给出的任何后果都要严重得多。那些后果在现在看来，就像是愚蠢的校园恶作剧。

但正如少校所言，必须直面恐惧。于是，孩子们坐在了地上。艾丽斯从背包里拿出小玉雕，把一切都告诉了杰西。之后，他们继续坐着，望着木头码头和停靠在港湾里的船。大家都不知道该说些什么，这是生活中根本无法预料的情况。

在最初的震惊过去之后，杰西试图做点儿什么。他跟弗格斯一样，第一个想法就是去找警察。他说，如果这个豹子女在追他们，那他们就有危险了。这个女人会攻击人——可能还会吃掉他们！而且码头上的那些男人看起来也很凶。而他内心深处感到十分困惑——珍贵的文物？声名狼藉的飞贼？艾丽斯的爸爸也牵扯其中？杰西跟弗格斯不一样，他从未质疑过艾丽斯对她父亲的说法。他曾相信他是位前途似锦的演员，他甚至曾相信他喜欢鸟类。他既失望又震惊，因为虽然这些麻烦不是他自找的，但他很喜欢他们的冒险，而这样结束有些……悲哀。他猜想，骑士和英雄不会跑去找警察，或是如此轻易就交出无价之宝。但是他们是有剑、有盔甲、有马的骑士，而他、艾丽斯和弗格斯都只是小孩。他遗憾地看了一眼尚未攀爬的悬崖和尚未探索的岛屿，然后站了起来。

“走吧，”他说，“我们回船里去，我们在那儿会很安全的。”

他伸出手，艾丽斯温顺地站了起来，拉住他的手。她叹了口气，转身跟着他下山去。

看到艾丽斯这个样子——那么沮丧，那么渺小，弗格斯再也受不了了。他的艾丽斯，曾站在屋顶，向天空张开双臂；他的艾丽斯，曾划船去湖中央去放烟花；他的艾丽斯，即兴编造的故事能把他吓得毛骨悚然……巴尼·米斯尔思韦特是个骗子，弗格斯愤慨地想着。他不配拥有艾丽斯这样的女儿。而他，弗格斯·麦肯齐要看着巴尼的眼睛告诉他这一点。

“停下！”他喊道，“我们继续前进！”

其他两人回过头来，不解地注视着他。

“但那里都没有城堡！”艾丽斯说道。

“总会有一座城堡的，你只是需要好好找找。”

“那‘豹子’呢？”杰西大叫道。

弗格斯猛地回过身来，他掌心向天，张开双臂。“看看你周围，我的朋友！苏格兰没有‘豹子’！”

“但这很危险！”

“你到底想不想冒险？”弗格斯大喊道，“得了吧，杰西！还说自己是探险家呢？这都是为了艾丽斯！很重要的！”

当他转身面向悬崖时，他告诉自己，这可能是他做过的最傻的事了。

他们是勇敢还是鲁莽呢？艾丽斯不太确定。当她跟随弗格斯沿着小径艰难地爬上悬崖顶时，她只知道自己很害怕。如果豹子女发现了他们怎么办？如果巴尼不在那儿怎么办？如果——这有点令人困惑——他在那儿怎么办？她会对他说些什么呢？杰西跟在她身后，他努力让自己把注意力集中在后勤方面——船一小时后开、涨潮以及那条他们不能逾越的线、那座不存在的城堡！

弗格斯什么都没想，只是被愤怒驱使着前行。

当土路变成石路，石路又变成了岩石阶梯，当世界只剩下黑色的岩壁和蔚蓝的天空时，难以忍受的好奇心让杰西的心跳开始微微加速。弗格斯的愤怒平息下来，变得更像是有决心了。

艾丽斯依然感到恐惧。

他们爬上了类似高原的地方，两边是悬崖峭壁。在右边的不远处，和他们一同乘船的其余的船员沿悬崖边排成一排，眺望着大海，仿佛无名之地的哨兵一般。

“他们在做什么？”杰西问道。

“观察鸟类，我猜。”弗格斯说道，“对大多数人来说，这是这趟旅行的主要目的。”

“但为什么他们全都在这个地点呢？”

澳大利亚人举起相机，他们听到了咔嚓一声，好奇心驱使他们走向悬崖边。

海鹦！到处都是海鹦！有的海鹦一摇一摆地走着，好像穿着黑白套装去参加婚礼的小胖子；有的海鹦歪头看着，像好奇的孩子；有的海鹦利用上升的暖气流，在悬崖边上上下下，仿佛在表演某种空气芭蕾。孩子们站在观察者队尾的草地上。弗格斯大叫一声——原来一只鸟突然从他两腿间钻出来，猛地飞过悬崖边缘，冲入下方的海浪里，速度快得吓人。

就连艾丽斯都笑了。

“它在地底下干什么？”弗格斯大叫道。

“它们在那儿筑巢。”澳大利亚人拿着相机慢悠悠地朝他们走了过来，“它们一生的大部分时间都生活在海上。但它们会来到陆地，在地下巢穴里产卵。”

“这也太酷了吧。”弗格斯跪在草地上，往巢穴里仔细瞧。一个带条纹的多彩的鸟嘴愤怒地伸了出来，冲他高声尖叫。“太酷了。”

这很……快乐。跟雕刻上的骑龙的男孩一样快乐。但是这里什么都没有——没有墙壁也没有石头，没有城堡残存的痕迹，而且船还有不到一个小时就要开了。

“快点儿。”弗格斯说道。

孩子们加快了步伐。

拿着相机的澳大利亚人看着他们消失在“高原”尽头的海岬后面，他隐约感到自己遗漏了什么。今早酒店的广播里说了些什么，他没注意，但是他几乎可以肯定是关于三个失踪的小孩的……

第三十六章
龙、骑士和女巫

海岬尽头，斜坡入海。尼什岛看起来就像数字“8”，两个大圆圈在此处相遇，相接处仅有几米宽。最低点跟海平面几乎一样高，而且已经因潮水上涨而变得潮湿。

“那里有个‘不得入内’的标示牌。”杰西说，“这肯定就是船长说的不要再往前走的地方了。”

“好吧，就这样了。”艾丽斯先是感到一阵解脱，随即又感到了失望的痛苦。他们显然不能再继续了，除了回到船上，回到安全的地方，回到学校，别无他法——但她总觉得这在某种程度上是逃避和躲避。

当然，有时这是最明智的选择。

“噢，我的天啊！”杰西大叫道，“弗格斯，回来！”

艾丽斯回过神来，发现弗格斯已经跳过了“不得入内”的牌子。

“城堡肯定在岛的这一边。”他大喊道，“所以才没人知道！”

“艾丽斯，这里没有城堡！”杰西叫喊道，“我们不能过去。要涨潮了，我们会回不来的！”

“那你留下！我过去！”

他们继续往前走。

现在，地面更加崎岖不平，他们走得也更加不稳了。他们绕过一个海岬，又绕过另一个海岬。杰西不安地看了看手表，船还有三十分钟就要开了。

在那之前，潮水会先切断他们的来路。

他们来到贴着悬崖边的一条小径，这个悬崖比小岛另一边的悬崖要高得多，下面是波涛汹涌的大海。艾丽斯的晕眩感又回来了，她的视线再次模糊起来，四肢也开始变得麻木。她默默地伸出一只手，杰西悄声将她的手握住。

她绝不能往下看……她绝不能让晕眩感得逞……他们绕过另一个海岬，小径开始向下倾斜——突然间，他们来到了一个不一样的世界。

海鸠，鸬鹚，刀嘴海雀和海鸥，栖息，潜水，尖叫，翱翔。这是个远离人类世界的地方——有岩石和溪谷，有漩涡和泡沫，有振翅和羽毛。对面矗立着一个被侵蚀的岩石拱门，有一段狭窄的沙嘴滩将其与陆地连在一起。

原始、雄伟又壮丽。

“真美。”艾丽斯忘记了自己的晕眩，轻声说道。

“真可怕。”弗格斯直言。

“这让我想起了我读过的一本书，”杰西说道，“是关于亚瑟王的。书上的图片看起来就跟这里一样，但是有龙、骑士和女巫……艾丽斯！”

“嗯？”

“还有城堡——一座城堡，在海里，岩石上！”

艾丽斯愣住了。

“有一条路可以上去。”杰西用他的双筒望远镜观察着，“在拱门的第一根拱柱下面。很陡，要爬点坡，但是肯定有路上去。艾丽斯，我觉得我们找到城堡了！”

“好啦，别高兴得太早，”弗格斯压低嗓门说道，“我觉得骑士和女巫已经发现我们了。”

艾丽斯和杰西扭头向身后望去——两个黑衣男子和一个戴着防蚊墨镜的矮个儿女人正穿过草地向他们跑来。

其中一个男人拿着一把枪。

第三十七章
会退潮的

艾丽斯、弗格斯和杰西跑了起来，也只有这样了——他们沿着那条紧贴悬崖的蜿蜒小径跑了下去，来到一小片满是卵石的沙滩，这里几乎已经被涌来的海浪淹没了。杰西跑在最前面，他回头扫了一眼，发现追捕者正在逼近。“豹子”跑得像她的手下一样轻松。他绊了一跤，脚踝处一阵疼痛。他毫不理会，朝着涨潮的海滩跑了过去——他从没见过涨得这么快的潮水。

要是在从前，杰西会因弗格斯的固执，或是艾丽斯对她父亲的过度信任，或是命运对他如此的不公而咒骂。但是在这次旅途中，他发现了自己的一个新天赋——在压力之下迅速行动的能力。面临真正的危险时，他只想着如何摆脱危险。他到达海滩，直接跑进水里。湍急的水流差点儿把他冲倒，他喘息着，把靴子塞到一块巨石下面，然后伸出手一把抓住跑在他身后的艾丽斯，把她甩向拱门下面快速消失的海滩。

“找到上去的路！”他大喊道，接着转身去拉弗格斯，

"绕到另一边——你会看到一些石头，还有一些草。"

与杰西不同，弗格斯很惊恐。他对巴尼的愤怒现在已经转向了自己，因为是他坚持要继续前进。他哗啦一声跳进水里时，没站稳跌倒了，他忍住没哭。水流把他卷起来，使劲儿摔在石头上。另一边的海滩上，一个黑衣男子举起了枪……

枪声在悬崖之间回荡。

艾丽斯尖叫起来。弗格斯重重地栽倒在地，不过他仍紧紧地抱着石头，脸上有血涌出来。杰西蹚着齐腰深的水朝弗格斯走去。他踉跄了一下，差点儿把脚崴了。

再走三步……二……一……男孩们瘫倒在了地上。

"他们要过来了！"艾丽斯跑回来帮忙。他们齐齐望向主岛，看着枪手蹚水向他们走来。"我们得跑了！"

"跑去哪儿？"弗格斯大声喊道，"我们能跑到哪里去？"

这个问题没有答案。他们被困住了，无处可藏，还有人拿着枪追杀他们。

突然，艾丽斯知道自己必须做什么了。她把背包脱下来，开始解带子。

"你在干什么？"弗格斯大叫道。

"我要把雕像给他们。"她说道。

她不知道这是否就是少校说的，通过直面恐惧变得无所畏惧，她的镇静让她自己都吃了一惊。

她打开背包盖，找到巴尼的黄色牛皮信封袋，拿出装着玉雕的小盒子。

“你们继续走，”她说，“以防万一，你们懂的，他们会再开枪。”

这样做绝对是正确的，她告诉自己。这一切都是她的错，巴尼是她的父亲，是她让男孩们陷入了麻烦。

“别傻了！”现在轮到杰西发怒了，艾丽斯显然没弄明白他们处于怎样的危险之中，“没人会把你给他们留在这里！你觉得会发生什么事呢？你把玉雕交出来，然后他们就会说‘噢，非常感谢你，艾丽斯，抱歉给你添了这么多麻烦’？他们射中了弗格斯！”

“伙计们，冷静一点儿。”弗格斯指着水面说，“太迟了，他们过不来了。”

枪手摔倒了，他紧紧地抓住刚才救过弗格斯一命的岩石。但是他和孩子们之间的海域已经太宽了，他根本过不来。另一个黑衣男子正小心翼翼地沿着悬崖向他挪动，他伸出手，想把枪手拽到安全区。枪手握住他的手，却又跌倒了。他紧紧抓着另一块岩石，爬了上去，再从那儿爬上了海滩。他躺在卵石滩上，手中的枪被海水冲走了。

艾丽斯把小盒子放进口袋。

在远离海岸的地方，他们让弗格斯靠在几块巨石上。他们给他喝了点水，吃了点潮湿的巧克力，然后仔细地把他的脸擦干净。

“他射中你哪里了？”艾丽斯问道，“弗格斯，回答我！”

“我觉得他没射中我。”弗格斯说道，“我不知道，我从没中过枪，但我觉得应该会更疼才对。”

“可这些血……”

“我撞到头了。”巧克力和水帮助弗格斯恢复了记忆，“我撞到了额头。我可能得了脑震荡，真的很痛，但我觉得我死不了。即使死，反正也不是被谋杀的。艾丽斯！被拥抱的感觉很好，但是你弄疼我啦。伙计们，对不起——这都是我的错。”

“你的错！”艾丽斯大叫道，“是我的……”

“现在没时间争这个。”杰西已经在谋划下一步了。他把背包甩到背上，带领他们绕过柱子来到小径上。

“你瘸了！”艾丽斯大叫道。

“我回头看他们的时候把脚扭了，”他随口说道，“没什么。”

“我们能休息一下吗？”眼前的恐慌过去后，弗格斯感到疲惫不堪，“涨潮了，他们抓不到我们了。”

要是在以前，杰西可能会翻白眼，但现在他十分镇静地说：“还会退潮的。”

其他两人倒抽了口气。

“那……我们必须设法找到艾丽斯的父亲，”弗格斯说道，“希望他能帮助我们。如果我们找不到他，或是他不能……”

“我觉得那样的话，我们就跟‘豹子’谈判。”

这些都没让人感到宽慰。

在任何情况下，这个攀登都极具挑战性。他们穿着湿漉漉的衣服，背着沉甸甸的背包，一个扭伤了脚，一个划伤了额头，还有一个越来越晕，他们都觉得自己会随时丧命。杰西发现的路并不是条小径——上面长满了草，像一个绕着柱子的陡峭阶梯，时而露天，时而被石板遮挡——而下面则是惊涛骇浪。但他们谁都没有抱怨，就像他们上次沿鹿场边缘走了很久才穿过蕨类森林时没有抱怨一样。但那感觉仿佛已经是上辈子的事了。

自从在风暴湖进行第一次练习赛开始，一路走来，他们有了很大进步。

第三十八章

在明亮的白沙滩上

那条小径在一个垂直的岩壁前戛然而止，那个岩壁有两层楼那么高，上面覆盖着黄色的地衣和一些白色的东西。杰西说，那恐怕是堆积了几个世纪的鸟粪。

岩壁上有个洞，宽度仅容一人通过。他们向前挪动，地面向下倾斜，能看到的天空越来越小，周遭寒气逼人。

“我们要进入地球深处啦。”为了缓和紧张的气氛，弗格斯说道。

“闭嘴，弗格斯。”杰西说道。

又转个了弯，头上的天空开阔起来，现在隧道成了山洞，洞里洒满了阳光。艾丽斯第一个挤了进来——那一刻，她感到自己的心飞了起来。

砰！呀！接招！

这里就是巴尼的城堡。

一片凹陷的草地，犹如荒废的中世纪城堡庭院。四块高大的岩石由石头城垛连起来，如同四座瞭望塔一般标明了四个角。城垛下方，沿着面向大海的墙壁，有一个高一点儿的草堤，仿佛是落石阶梯通向的滨海大道。

男孩们从隧道里出来了。

“我们找到了！”艾丽斯说道。

他们抖动肩膀，甩掉背包。弗格斯开始爬城垛，杰西皱着眉头坐在草地上脱靴子。

“我没看到，”他说道，“而且我的脚踝变黑了。”

“这是个城堡。”艾丽斯跑到“庭院”中央。她能看得清清楚楚！巴尼沿堤奔跑，以木棍为剑，保卫他的岛屿王国，这个画面随着记忆的变化而变化。她和巴尼是中世纪的骑士，在樱桃园的花园里相互追逐，还有其他一百个过家家的游戏——假装是海滩上的海盗，假装像拦路强盗一样从藏身之处跳到乡间小路上……

“太明显了。”她笑着说。

“那你爸爸呢？”杰西光着脚一瘸一拐地走到庭院边缘，往石头城垛的裂缝和凹陷处望去，仿佛那里随时都能出现一个父亲。

他们不得不面对事实，巴尼不在这儿，他们来晚了。在“豹子”追上他们之前，他们没希望出去了。

“我要回去了。”艾丽斯没精打采地说道，“我是认真的，杰西。我走了，我会等‘豹子’，我会把玉雕给她，然后我们会回到船上，然后……”

“船不会在那儿的，”杰西说道，“它必须在涨潮前离开。我也不知道自己还能不能走，艾丽斯，我觉得我做不到。”

他闭上双眼，感觉完全被打败了。而艾丽斯对朋友做了那样的事，真想痛哭一场。

“我们会没事的，”她低声说道，“你会想出办法。我们会一起解决的！杰西，你是个优秀的探险家！”

“我不是。”他低声回答，“我觉得，也许，我只是个小孩。”

她想说“没有所谓的‘只是个小孩’”，还想说“你可以同时是一个小孩和一个探险家”，或者只是简单地说声“谢谢”。她在纠结措辞的时候，城堡的城垛上传来一声尖叫。

“艾丽斯！艾丽斯，在这上面！”

她抬起头，看见弗格斯正在草堤上挥手，天空映衬出他的轮廓。她感到一阵晕眩。

“艾丽斯，你这个笨蛋，过来看啊！”

她上气不接下气地登上了城垛，爬到草堤边上，呜咽一声，硬撑着跪起身来，朝堤外张望……

弗格斯跳了起来。

艾丽斯尖叫一声，随即笑了起来。

另一边是陆地，平坦的陆地，上面有花儿，一条长满小草的宽阔小径缓缓地向一个低矮的悬崖和远处清澈的深蓝色海水倾斜下去。

“跳！”弗格斯大喊道。

她跳了下去，然后小心翼翼地跟着他来到悬崖边。一个小海湾出现了……而且……

“船？”

“不只是船——瞧！你得往下看！”

她紧紧地抓着他的手。悬崖上钉着一个长钉，长钉上拴着一根绳子，绳尾落在明亮的白沙滩上……

“爸爸到了！”艾丽斯大声叫喊道，“爸爸！爸爸！”

风吹散了她的声音。

“米斯尔思韦特先生！”

弗格斯扔了块石头，在巴尼身旁溅起水花。巴尼跳了起来。

他抬起头。艾丽斯紧紧地抓着弗格斯，挥了挥手。

“爸爸！爸爸，我们也到了！我们都做到了！”

巴尼欢呼着挥了挥手，然后跑到绳子边，爬了上来。

第三十九章
演员

艾丽斯扑进父亲怀里。

有那么一会儿，世界上别无他物。没有未回复的邮件也没有取消的探访，没有豹子女也没有玉雕——没有问题。只有巴尼和他紧紧环抱着她的手臂，还有那美好、熟悉的柠檬与皮革的香味，以及他说“你找到了！真是个聪明的姑娘，你找到了”时，脸上温暖的光彩。

但是，他们正处于危险之中，这一刻是短暂的。远处的弗格斯瞪着他们，杰西费力地翻过城垛想加入他们。正当巴尼有些激动地说“你们有三个人”时，艾丽斯匆匆说道：“爸爸，我们得走了！”

他并不高兴。虽然艾丽斯没看出来，但是弗格斯和杰西立马就看出来了，他们交换了担心的眼神。弗格斯防护性地向前迈了一步，杰西的脚踝阵阵作痛，他坐在地上盘算着他们的下一步行动。

“他们都是我的朋友！”艾丽斯气喘吁吁地说，“弗格斯和杰西。他们很了不起，爸爸！他们……”

杰西不再去听，有什么事不太对劲儿。不只是巴尼对他和弗格斯的反应——毕竟，考虑到玉雕的事，他的反应几乎在意料之中。不，远不止这些。他低头看着海滩，巴尼的船，那个小海湾……他皱起了眉头。

小海湾的入口被海蚀柱守卫着，海蚀柱就是他们刚才为了逃脱追捕时爬上的那个有点类似拱门的柱子，这意味着……

“你只能在涨潮的时候进出吗？”杰西问道。

“你说什么？”巴尼的声音听起来很不耐烦，但杰西继续追问着。

“这是一个秘密小海湾，就像海盗故事里的那样。”杰西说道，“只有一条路进来。但是如果一面朝着小岛的话，那就意味着退潮的时候出不去。”

他低头看着巴尼的船，此刻，他才看见船上有个帆布背包。跟艾丽斯一样，他之前还以为巴尼才刚到。但如果是那样的话，他把船拉上岸会弄湿鞋子，至少会弄湿裤脚——不是吗？还有钉在悬崖上的长钉和绳子……它们是不是已经存在一段时间了，是不是之前来岩石堡的游客弄的？还是巴尼带来的？杰西爬近了些，绳子看起来很新，长钉未经风化，闪闪发亮。这意味着这些很可能是巴尼钉上去的，反过来也意味着他不是刚刚才到的，从而意味着……

“你其实正要离开吧，米斯尔思韦特先生？”

“我……”巴尼吞吞吐吐地说。三双眼睛瞄准了他——

男孩们满怀敌意，艾丽斯瞪大眼睛，一脸不解。“我……问题是……艾丽猫，我的信，日期……我以为你昨天来！”

看着巴尼局促不安，弗格斯感到他的怒火又回来了。这就是艾丽斯崇拜和保护的那个人？“之……之前有一场暴……暴风雨。”她结结巴巴地说——仿佛她急需找些借口，其实全世界都知道之前有一场暴风雨。

“先别说这些了。”杰西再次控制了局面，“我们现在必须要走了，坐米斯尔思韦特先生的船。其他的我们可以待会儿再解释。”

“噢，我哪儿都不去。”弗格斯说道。

“弗格斯，现在没时间说这些！”杰西大叫道，“想想潮水、该死的‘豹子’！”

巴尼的脸变得苍白。“豹子？”

“噢，我们刚才没说吗？”弗格斯吼道，“她拿枪射击我们……”

“而且她正设法到这里来。”杰西说，“所以，弗格斯，闭嘴，然后……”

“我哪儿都不去，”弗格斯重复道，他对自己的坚决也感到惊讶，“除非他告诉我们玉雕的事。”

于是，就是这样。

关系一直在变化。大多数情况下，变化发生之前你是看不到的。但是有时候，如果你注意观察，你会发现，一切都在某一刻之后发生了变化——一个未曾说出口的抱歉，一个被忽视的握手，一个被发现的谎言……

一个破裂的信任。

巴尼变得十分平静，他转向艾丽斯。

“你打开了？”

“是的。”

她看不出他是悲伤、内疚、失望、生气，还是四种情绪都有。

直到现在，艾丽斯仍旧暗暗希望这是个误会。故事里，一个邪恶的坏人骗巴尼来送玉雕——或者她口袋里的玉雕是假的——或者巴尼被胁迫了，或者他在为特勤局工作，又或者……

但这不是故事，而且那句“你打开了”印证了艾丽斯所惧怕的一切。

她一直站在父亲身旁。现在她几乎无意识地从父亲身旁向杰西挪动，眼睛依然注视着悬崖边的大海。

“我觉得艾丽斯有权知道你为什么把那玩意儿寄给她。”弗格斯冷冷地说，“还有，你为什么让她带到这里来。我是说，什么人会做这种事？什么差劲的家长……”

“好吧，好吧！”巴尼举起双手。弗格斯咕哝一声，走到艾丽斯身边坐下。杰西叹了口气，在外套口袋里摸索着一张湿透的小岛地图。艾丽斯的喉咙哽得疼痛，她注视着父亲，拖着脚径直走到他面前。

"有个叫内罗的家伙，"巴尼说道，"他是塞尔焦·格里马尔迪的儿子。几年前我在意大利巡演时认识了他。"

一听到剧院巡演，弗格斯哼了一声。艾丽斯焦虑地示意他别说话。

"我是在一场牌局上认识他的——只是周日咖啡馆那种小赌，算不了什么——我不玩大赌注的牌局。"巴尼担忧地看了艾丽斯一眼，似乎想让她放心。弗格斯又哼了一声，巴尼叹了口气。"好吧，内罗确实很喜欢赌博。几周前，他遇到了一个玩得很大的加拿大人。内罗输了——输了很多钱。结果发现……"

巴尼停住了。弗格斯不由自主地向前倾了倾身子。

"什么？"

"结果发现加拿大人并不都像他们看起来那么友好。当内罗说他还不了钱时，那个加拿大人威胁说要去找塞尔焦·格里马尔迪。内罗真的不希望这样，因为上次他爸爸帮他还债的时候，警告内罗说他不会再这么做了。这就是内罗拿走玉雕的原因。"

"他从自己的父亲那儿偷来的？"现在弗格斯的声音听上去不是气愤，而是饶有趣味。艾丽斯则是五味杂陈——有轻松，因为巴尼并没有偷玉雕；也有不安，因为他太享受这一切了，仿佛他不是在坦白，而是在表演。

"打扰一下，"杰西说道，"潮水……"

他们无视了他。

“不是真的偷，”巴尼争辩道，“更像是提前预支内罗继承的遗产。况且，并没有人真的受到伤害。总之，内罗破坏了闭路电视，拿走了玉雕，然后建议他爸爸悬赏并不再追问。接着就到了我上场的时候——一个毫不相干的英国人‘偶然’发现了这个玉雕，而且他还是个演员！本来一切都进展得很顺利，直到内罗那个白痴慌了，说他被袭击了，还想把盗窃案嫁祸给‘豹子’。这改变了一切。自从警察放走她后，她就一直设法找那个玉雕。而且当她的手下发现玉雕在我这里时，她就一直在追踪我。所以我才想把玉雕寄到你们学校去——我觉得不会有人去那儿找它。我本来打算去学校参观的时候把它取走，但是后来我听说‘豹子’在英国，我决定不冒这个险。”

他转向艾丽斯：“我真希望我能去你们学校，甜心。那样这一切都可以避免了。”

而也许，这就是最大的背叛了。

艾丽斯喉头开始哽咽。这一切，她想着——给他最后一个机会，欺骗学校，这一切！弗格斯的疾病，暴风雨，他头上的伤；杰西的脚踝，大型定向越野挑战赛——她对少校的承诺！想要相信他想让她看看这座岛屿！巴尼似乎没有想到，他让他们置身于多么大的危险之中。她仔细地看了看他，他有了一些变化，仿佛她正看着一个不同的巴尼——几乎是一样的，但是没刮胡子，柠檬的香气被汗味所覆盖，明亮的蓝眼睛下有了黑眼圈……他背叛了她，背叛了她给予他的所有信任，她因为太害怕而不敢直面事实——永远都不能相信巴尼，并且当她需要巴尼的时候他永远都不在。

“接下来发生了什么？”弗格斯仍旧被深深吸引。

“嗯，现在艾丽斯把玉雕带来了——你拿着的吧，艾丽猫，对吗？——等一切都平静下来，我就大摇大摆地回到意大利，我们拿到钱，内罗还清债务，然后，嘿，瞧！爸爸有钱啦！”他咧嘴而笑，“聪明吧，不是吗？”

“我的天啊！”杰西喊叫道，“难道我真的是这里唯一一个在观察潮水的人吗？”

“潮水？”弗格斯突然从巴尼的故事中回到了现实，他一脸茫然。

“潮水退了！还有另一件事——难道没有人想过‘豹子’肯定有一艘船吗？”他摊开地图，不理会其他人困惑的惊慌，“她可能在这里，”他指着地图说，“在我们登陆的海滩上，潮水退到某种程度的时候，她就会被切断去路。但她也可能在这儿登陆——”又指了几下，“或是这里，在分界线的这一边。这样的话她已经在路上了，所以我们现在得走了。”

大家开始奔跑时，艾丽斯却茫然地凝视着。“米斯尔思韦特先生，”杰西说道，“你应该走在最前面，让我们看看该怎么做。艾丽斯，你是第二个——别担心，我会带你下去的——然后是我，这样弗格斯可以帮助我受伤的脚踝。你得把背包放下来给弗格斯。这样可以吗？很好。那我们去城堡拿包，我们走吧！”

真的，多亏了杰西。

弗格斯跑去拿背包。巴尼弹跳着降下悬崖。

艾丽斯一动不动。

她在构思一个故事。

一个需要结局的故事。

第四十章
天空爆炸

很久很久以前，在种满樱桃树的花园里有一栋房子，住在里面的小女孩是世界上最幸福的女孩。夏天，她可以直接从卧室窗外的树上摘樱桃。一个春天的夜晚，树上开满了粉色的花朵，她想睡在树上，因为这正是她想象中的公主的城堡……

杰西和弗格斯忧心忡忡地看着艾丽斯。

“她在干什么？”杰西问道，“她为什么要坐在那里？”

“我觉得……”弗格斯眯起眼睛。艾丽斯坐在那里，出神地凝视着前方，她几乎一动不动，除了……她的左手在微微抽动。“我觉得她在写东西。”

小女孩的妈妈不准她睡在树上，命令她进屋来。但是妈妈心里却暗暗地希望女儿能够永远……

艾丽斯站了起来，以最执拗的角度翘起下巴。

她知道故事的结尾。

“现在怎么办？”杰西低声说。

弗格斯耸了耸肩：“我不知道！”

艾丽斯冷冷地说道，“告诉我怎么下去。”

“不管你怎么做，都不要直接从绳子上滑下去，否则会弄伤手。”艾丽斯准备从悬崖顶上翻过去时，杰西跟她讲了一连串的操作指南，“一只手在另一只手上方，双腿保持绷紧。这个悬崖不太高，掉下去估计不会摔死，但可能会摔断腿。噢，对了，别往下看。”

艾丽斯本想要无所畏惧，但现在她不这么想了。她身下的距离让她想要号叫，或是躲藏，或是反胃，或是三种皆有。

这还不是她必须面对的最可怕的事。

“想办法帮帮忙，杰西。”弗格斯说道，“她脸色都发青了。”

“说这些也没用，”杰西责备道，“艾丽斯，你还好吗？”

她双手抓紧绳子，从悬崖边上翻了过去。

“无所畏惧，”她告诉他们，她的声音几乎没有颤抖，“我们必须直面恐惧。”

艾丽斯觉得直面恐惧太可怕了。她的胃翻到嘴里，然后歪向肠子，最后在肺部附近无法控制地旋转起来。她的手掌汗湿，她觉得它们绝对抓不住绳子。在她身下一百英里的地方，小海湾是一片模糊的白色和蓝色。

“眼睛直视前方，”杰西的声音仿佛来自另一个星球，“一只手在另一只手上方，你能做到的。”

她一步步往小海湾挪动，每一步都痛苦万分。杰西趴在草地上，脸和肩膀悬在悬崖外面。他越来越小，他的鼓励声也逐渐减弱。海浪的冲击声越来越响亮，她的血液跃动起来，手指和脚趾开始发麻。这很简单，几乎很有趣。她要做的就是去到下面，是……

“有艘船！”弗格斯大叫一声，打断了她的注意力。她抬头瞥见他已经爬上了最高的城垛，杰西的双筒望远镜贴在他的眼睛上。

艾丽斯的世界又开始变得模糊不清。

“艾丽斯！”巴尼的叫喊声从几英里之下飘了上来，“你得快一点儿！”

“别催她！”杰西吼道，“她恐高！”

艾丽斯的思维突然恢复了清晰，巴尼肯定知道的吧？

艾丽斯的脑中，某个想法再次转变了——她一直以为晕眩是从妈妈去世开始的，其实并不是立即开始的，而是在葬礼之后。爸爸又走了，于是艾丽斯爬上了她最喜欢的树，并拒绝在爸爸回来之前下来。后来她就慌了，吓呆了。最后，佩森斯姑妈不得不打电话叫消防队来救她。所有人都知道这件事。

她现在明白了，让她感到恐惧的不是妈妈的死，而是巴尼。巴尼，他能讲出动听的故事吸引愤怒的男孩……巴尼与他的雪天使和恶作剧……巴尼，他总能让她完全按照他的旨意行事……他是她在梦中，在空荡荡的走廊里一直奔跑寻找的人……

“不是‘豹子’！”弗格斯大喊道，“那艘船！是海岸警卫队！海岸警卫队！他们……不！他们往浮动码头去了！他们没看见我们！这里！在这里！回来！”

“艾丽斯！”巴尼现在慌了，“艾丽斯，求求你！我不能让海岸警卫队发现我！”

她继续缓慢而平稳地下降。一只手在另一只手上方，一步一步，到达悬崖底部时，她没有松开绳子。

“艾丽斯，快点！”他已经把偷来的船推向了大海，并招手示意她过去。艾丽斯没有动，她不知道他是否会等其他人。

“你要去哪儿？”她大声问道。

“什么？”

“等你拿到了钱，你要去哪儿？”

他走了过来，半个身子仍然朝着船。“我们能一会儿再谈这个吗？”

“不能，”她说道，“我想现在就谈。”

他用手捋了捋头发，满头的头发全都竖了起来，艾丽斯以前很喜欢他这么做。有时为了逗她发笑，他会故意这么做——变成斗鸡眼，把衬衫扯到一边，直到自己蓬头垢面，艾丽斯笑得滚作一团。这时，佩森斯总是会说："我的天啊，巴尼，成熟点！"

但她突然意识到这就是问题所在。他理应是个成年人，应该由他告诉他们该怎么做——而不是由杰西，一个扭伤了脚、焦虑地挂在悬崖边的十二岁男孩来告诉大家该怎么做。况且他们会在这里，并不是艾丽斯的错——不全是，是他的错。她现在明白了。

尽管如此——因为她爱他，所以她还是选择相信他最后一次。况且并没有人真的受到伤害，他之前说……而且如果钱是为了他们……如果他能说他这么做都是为了他俩能永不分离——他再也不会消失在跟剧院毫无关系的旅途中——如果他能说他爱她。艾丽斯想着，突然感到一阵刺痛。

她意识到，就像佩森斯姑妈在她的每一封信件和邮件里所做的那样，就像弗格斯在卡尔瓦所说的那样——你们还记得吗？——就连杰西都不情愿地承认了。

"你打算用这些钱做什么？"她重复道。

"我……我不知道，"巴尼支支吾吾地说，"我还没怎么想过。"

艾丽斯转过身去。

"还有另一艘船！"弗格斯从悬崖顶上大声喊道，"我觉得是'豹子'！就是'豹子'！"

艾丽斯双手抓住绳子。

“一切都还好吗？”杰西向下喊道。

“艾丽斯，你在干什么？”巴尼现在向她跑来，并苦苦哀求，“艾丽斯，上船来吧！”

“不了，谢谢。”她非常客气地说道，“我觉得我宁愿去悬崖上碰碰运气。”

后来，她说当时她感觉仿佛整个世界都慢了下来。她抬起头，看见了朋友们，城垛上天空下弗格斯瘦瘦的身影，杰西因痛苦而皱起的焦虑脸庞。她想到他们为她做了那么多。她看着巴尼，深知他永远都不会改变。

“我爱你，爸爸。”她抽了抽鼻子，用袖子擦掉鼻涕，用手掌抹去眼泪，然后把他拉过来，用力地抱了一下，“我会想你的，但我已经习惯了。现在，你最好走吧。”

一只手在另一只手上方，眼睛直视前方，双腿绷紧，就像杰西告诉她的那样，她开始爬了起来。一点儿也不怕，不停向上爬。就算听到了下面引擎发动的声音，就算天空爆炸，紫色的烟雾腾空而起，她也绝不向下看，也绝不停止。

无所畏惧。

她的母亲会为她而感到骄傲。

第四十一章
犯罪或是鸟类学

弗格斯在湖边捡到的烟花，还牢牢地密封在塑料袋里，装在他的背包中。神奇的是，烟花和一起打包的打火机仍然是干燥的。

“你怎么把这个带来了？”烟花腾空时，杰西大声喊道。

“就像水手遇到困难时，在海上使用的那种照明弹。”弗格斯从城垛上呼喊道，“我只是觉得可能会派上用场。别告诉我，我违反了多少条规则。杰西，叫我天才就好！”

“他们看见烟花了吗？”艾丽斯翻过绳头，爬上了悬崖，叫道，“是海岸警卫队吗？”

“我看不见，船已经开到海岬后面去了……杰西，你在观察‘豹子’吗？”

“他们还是在往这边来——艾丽斯，把绳子拉上来。这样就算他们登陆了，也爬不上来！至少在海岸警卫队到达前，能为我们争取点时间……不，等等！我觉得他们已经……‘豹子’转弯了！她去追米斯尔思韦特先生了……弗格斯，你那边怎么样？”

“我还是没看见海岸警卫队……”

三个孩子坐在那里眺望大海，弗格斯坐在城垛上，艾丽斯和弗格斯坐在悬崖边。他们试图彼此安慰。

“爸爸……”艾丽斯说道，“‘豹子’……”

“她抓不到他的。”船急速驶去时，杰西说道，“他领先一步，而且他的船更快。我更担心的是我们，如果他们找不到我们怎么办？”

“等退潮了我们就回码头去。”

“但是海鹦观光船已经走了！我们一点儿吃的都没有！也没有帐篷，我还走不了路。”

“我们可以钓鱼！”弗格斯在城垛上说道，“我们可以找一个山洞。必要时，我们可以背你！”

“而且明天肯定还有另一艘船。”艾丽斯说道。

他们陷入了沉默，眼睛仍然盯着海浪。

“嘿。”杰西用胳膊肘碰了碰她，“你还好吗？”

“我会好起来的。”她把头短暂地在他的肩膀上靠了一下，“弗格斯说的没错，家长都很差劲。”

“一些家长。”杰西公平地说道。

艾丽斯别过脸去，假装眼睛里有什么东西，杰西没有提供帮助，而是假装相信了她。她擦掉眼泪，指着他的脚，颤声笑了。

“你跑步的时候不能再向后看了，杰西。”

“总有一天我会记住的。”他咧着嘴笑了。

艾丽斯看着载着巴尼和‘豹子’的船越来越小，直到它们都变成了海平线上的一个小点。

“有什么情况吗？”杰西大声问弗格斯。

“没有！”

“现在呢？”一分钟后，杰西再次问道。“还是没——等一下！有了！有了！有了！”弗格斯站了起来，上蹦下跳，像个疯子似的挥着手。“他们往这边来了！他们看见我的照明弹了！我真是个天才！看我！看看我啊！伙计们，挥手！我们在这里！我的天，少校跟他们一起！还有马多克！”

接着，他们听到了海岸警卫队低沉而响亮的汽笛声。

艾丽斯和弗格斯把绳子放回原处，但是孩子们没有下到海滩去。现在快要得救了，他们反而不想让这一切结束。

他们躺在悬崖顶的草地上，等待着船的到来。海鸥、海雀、海鹦和海鸠在他们周围忙忙碌碌。他们仰望着晴朗无云的天空，男孩们聊着天，艾丽斯思索着。

“我决定了，”杰西说道，“我要放弃小提琴，成为一个探险家，绝对不需要小提琴。”

“不错，”弗格斯说道，“我不再做愚蠢的恶作剧了，我要努力在某些方面出类拔萃。比如犯罪，或是鸟类学。我还没决定好选哪个，也许两个都选。”

杰西哼了一声表示同意。

“你呢，艾丽斯？”弗格斯问道，“你要做什么？”

艾丽斯用一个问题回答了他。

“你们介不介意，”她说，“当他们问起我们为什么这么做的时候，不告诉他们实情？”

“为了保护你的爸爸？”弗格斯对巴尼的评价并没有改善，他看起来很不服气。

“也有这个顾虑，”艾丽斯说道，“但是除此之外——玉雕还在我这儿。”

第四十二章

一百万欧元

这是有后果的。

少校和马多克跟海岸警卫队一起把孩子们从岛上救出来后，对他们进行了一连串的审问。当马多克指出他们受了伤时，审问暂时停止，并在实施急救之后再次开始。

弗格斯心满意足，因为他终于得到了梦想中的超级营救。回卢姆看了医生，打电话通知了警察孩子们已经找到。从酒店给所有的家长发了邮件，（虚假地）声称孩子们并未遭遇任何危险。放出一篇新闻通稿，满足对灾难如饥似渴的当地媒体。孩子们的家人突然拥入风暴湖——佩森斯姑妈，杰西的妈妈和两个哥哥，以及弗格斯的父母。有眼泪和怨言，也有紧紧相拥。孩子们毫不怀疑自己被深深爱着。

孩子们全程都没有提到玉雕、意大利人或是父亲，而是坚定地自称对海鸟有着未曾言说的热情。

“尤其是海鹦。”弗格斯说道，“海鹦真是太神奇了。”

而少校回复道：“可恶的海鹦！在冰岛，人们会把海鹦煮了当早餐！”少校还说他要一份关于尼什岛鸟类学意义以及地质学、植物学和科学兴趣点的完整报告，还要一份《苏格兰西海岸人民全史（从维京时代到现在）》，并让他们在第二天的晨会上，借助照片、视频，最好还有几首歌曲，向全校师生展示。

“等你们弄好了，就可以清理校车了！”他吼道，“在我决定要不要把你们全都开除的时候！”

之后他就把自己锁在书房里，开始强迫性地查收邮件，看看是否有家长发邮件说他们要给孩子转学。然而并没有这种邮件，但他还是不停地查看邮箱。自上学期刚刚发生的梅拉尼·范·伯克和化学实验室事件之后，风暴湖不需要更多的负面宣传了。

他们真的负担不起。

他在沙发上睡着了，满身都是小猫。第二天早上，艾丽斯敲响他的房门时，他还在那里。

“我来是想跟您说，这都是我的错。”她站在屋子中央，面朝敞开的窗户，不敢正视少校的眼睛，“去岛上是我的主意，我想我是在……找什么东西。有人跟我说过这座岛，他们把它说得天花乱坠——就像书里的故事一样。对不起——我真的无法解释，但是我只想把跟男孩们相关的事情说清楚。我才是应该受到惩罚的人。”

少校睡得迷迷糊糊，一只小猫还在用爪子揉着他的腿。

他盯着眼前这个站得笔直的小姑娘，思忖着他到底该说些什么——更不用说该做些什么了。

“您惩罚我的时候，”艾丽斯嗓音颤抖着说，“如果能不开除我就太好了。”

少校感觉有什么东西弄得他的鼻子痒痒的，他的眼睛也微微有些刺痛。他非常大声地清了清嗓子。

“那个岛屿，是不是很棒？”他问道，“你找到你要找的东西了吗？”

艾丽斯目不转睛地盯着窗外。

“我没有找到我要找的东西，没有。不过，我想我可能找到了我想要的东西。”

少校顺着她的目光向窗外看去。

这是个周日，风暴湖非常热闹。划艇划到了碧绿的水面上，有人在音乐塔楼附近弹吉他，运动场上正在进行一场吵吵闹闹的足球比赛。这些景象和声音能让他高兴起来，但他怀疑艾丽斯炽热的目光并没有落在这些东西上。他仔细看了看，找寻细节——啊，在那儿呢！杰西·奥库约跟他的妈妈和哥哥们坐在面朝湖泊的长椅上，弗格斯·麦肯齐拉着父母的手走在岸边，还有码头上艾丽斯的姑妈和……马多克？

“她真的是个很优秀的艺术家，”艾丽斯说道，“而且您需要一个新的艺术老师。”

“我确实需要。”少校承认道。

“她喜欢这里，”艾丽斯说道，“我们都喜欢。”

“你喜欢吗？”少校感到异常地喜悦，“我也喜欢。”

“那我们能留下吗？”

他试图表现得很严厉：“你真的跟你姑妈谈过这件事吗？”

“还没有。”艾丽斯满面笑容，“但我肯定能说服她。”

“我对此毫不怀疑，”他不动声色地说，“是的——你们可以留下。”

艾丽斯的笑容照亮了房间。

“谢谢您！太感谢您了！您可以用其他任何方式惩罚我！我保证我一点儿都不会抱怨。从现在开始，我会成为优秀行为的模范！”

“那我就拭目以待。”

她蹦蹦跳跳地向门口走去，然后停下，又朝他走了回来，在外套口袋里摸索着什么。

“我差点儿忘了，”她说道（少校事后感到难以信服），“我们还找到了这个。”

她把一个滑溜溜的东西放到他手里，约有李子那么大，还出奇地温暖。

“它就在沙滩上。”她说道。然后还没等少校反应过来，她就跑掉了。

他清楚地知道那是什么，但还是上网查证了一下。整个故事就在那里——玉雕，不可能的抢劫案，巨额悬赏……

它就在沙滩上？

这不可能——是吗？他应该问些问题。这里有故事，而作为一个负责的校长，他有责任查清真相。

另一方面……

“一百万欧元，”少校心想，“学校可以用一百万欧元做些什么……”

他在高塔上看着艾丽斯跑上码头拥抱她的姑妈，然后蹦蹦跳跳地跑向杰西坐的长椅，又向弗格斯挥手。她已经不是刚开学时那个迷茫、让人心烦的孩子了。她完全变了个样，她现在是个快乐的小孩。收留她是正确的，尽管没交学费。

“一百万欧元……他不能——他能吗？”

可他应该怎么做呢？把玉雕留下来也不太合适！如果有人愿意出高价买下它……

他的目光落在办公室的门上，那扇门上周才重新粉刷成非常鲜艳的淡紫色。窗外的吉他声提醒了他，音乐塔楼最近的翻修费用还没有支付。而且就在他动身去卢姆之前，他接到了另一个女校长打来的电话，说是有个孩子——一个挺好的孩子，但是也是个问题小孩，刚刚被开除了，但就像许多的弃儿一样，只要有一个新的开始，他们就能表现得很好。

一百万欧元……

少校小心翼翼地把玉雕放在他的书桌上，然后拿起了电话。

尾声

想象一个湖边，有一片玫瑰花丛。

花丛里鲜花盛开，蓬蓬的白玫瑰爬上石墙，爬进树里，缠绕着爬过灌木丛。这是你一生中见过的最美丽、最繁盛的玫瑰花丛。起风的时候——风暴湖确实常常刮风——玫瑰花丛看起来仿佛在翩翩起舞。

玫瑰花丛其实并不在这儿，但是马上就会在了。艾丽斯告诉佩森斯姑妈，下学期她来当新的艺术老师时，一定要把它带来。她已经在网上查询了怎么种植玫瑰花丛，她将和佩森斯一起找到一堵庇荫、朝南的墙，然后挖个大坑，倒水进去，再从农场里耙些粪肥。接着，她们会把克拉拉·卡明斯卡的玫瑰花丛种下去。她们会非常小心，不损伤它的根。在接下来的几年里，她们会看着它长得比在樱桃园时还要快乐和茁壮。

正如艾丽斯本人一样。

与此同时……啊，与此同时……

想象一下湖泊上的船里有许多孩子，不只是艾丽斯、弗格斯和杰西，还有萨米拉、珍妮和达菲，以及阿米尔、埃斯米、祖祖和泽布。很晚了——太晚了！已经晚上十点了，明天还要上学，这些孩子都应该上床睡觉了。但是夏季学期正逐渐变成少校所说的那样，白天永无止境，夜晚如同白昼。太阳早已消失在了群山之后，然而天空却依然明亮，天上散落着几颗苍白的星星和一抹月亮，暮色似乎在微微发光。

根本没人想去睡觉。

昨晚，同一批孩子溜出学校，在山谷里进行了不算是秘密的午夜野餐。今晚，他们打算钓鱼。

我必须告诉你，作为一个钓鱼团队，他们并不成功。要想钓鱼，保持安静很重要，最好是一个人，或者只跟一个人搭档。而且你不应该讲话，更不应该大叫或大笑。你当然也不应该晃动船，不应该不小心掉进水里，也不应该在你不小心掉进水里之后试图把其他人都拉下水。

这些孩子连一条小鱼都没钓到，但他们并不在乎。

瞧瞧他们——杰西、弗格斯和艾丽斯！从我们第一次见到他们到现在，他们取得了多么大的进步啊。瞧瞧杰西，我们的好小伙，“死脑筋队长”，他正用尽全力晃着船，想要把泽布弄进水里！瞧瞧弗格斯，我们的恶作剧大王，他正在另一艘距离他人稍远的船上跟萨米拉羞涩而安静地交谈……再瞧瞧艾丽斯！胆小、沉默的艾丽斯笑得几乎和珍妮一样大声！

他们似乎全都发现了自己交朋友的天赋。

事情的经过是这样的。

当艾丽斯、弗格斯、杰西与少校和马多克一起回到学校的时候，关于他们的谣言已经满天飞了。尽管他们互相发誓要保守秘密，也无法避免问题的狂轰滥炸。

“那么！”他们回来的第一个晚上，珍妮把餐盘放在艾丽斯的餐盘旁边，然后问道，“你们的帐篷真的被闪电击中了吗？弗格斯差点儿死了，杰西差点儿摔断了脖子？”

“真的要直升机来救你们吗？”达菲问道，“它真的得把你们从海里吊起来吗？”

“是的，”弗格斯宣称，“就是这样，全都是真的。”

“别信他，”杰西嘟哝着说，“根本没那么夸张。”

“这话出自私闯民宅的男孩之口！”弗格斯大叫道。

“你私闯民宅了？”泽布怀着新的敬意，呆呆地盯着杰西。

“而且我确实差点儿死掉。”弗格斯坚持说，并开始详细描述他食物中毒的可怕症状。一些人被吓得脸色发青，而另一些人则笑得前仰后合。

越来越多的孩子围了过来，他们时而惊叹，时而大笑，说着：“这不可能是真的！”艾丽斯一言不发，只是微笑着看着他们。

直到……

“但是为什么呢？”萨米拉问道，“你们既然那么想赢，为什么要离开挑战赛，去到一个小岛上呢？”

弗格斯和杰西转向艾丽斯。

“什……什么？”她结结巴巴地说。

“你告诉他们。”弗格斯说道。

“我？”艾丽斯凝视着桌旁一张张充满期待的脸庞，“我不行，”她低声说道，“你知道我不行，你才是擅长说话的人。”

“但我不知道该说什么，”他低声回应道，“我们说好了——你知道的——我们不提……”

“我做不到！”

“艾丽斯，他是你爸爸！”

于是，艾丽斯生平第一次给一群人讲了个故事。

她并没有说出全部的真相，比如巴尼是个国际罪犯，人们拿枪追杀他们（尽管我确信，你们肯定都觉得这部分十分惊险刺激）。但是她向他们讲述的故事，关于一个疯狂而非凡的父亲和他给女儿讲的故事，也不完全是假的。

艾丽斯讲述的方式……啊，艾丽斯讲述的方式！

开场并不是太好。

“事情是……”她嘴唇发干，停了下来。

杰西给她倒了点水，她感激地喝了一大口，结果水进到了错误的地方，她咳起来。弗格斯捶了捶她的背。

“事情是……”

她的胃里一阵翻腾，感觉就像晕眩——比晕眩还要糟糕！

她闭上双眼。

一个画面浮现在她的脑海中，一个悬崖，一根绳子，海滩上一个女孩朝着湛蓝的天空不断向上爬，从不低头看。

她再次睁开眼睛。

“如果你不想说就别说了。”萨米拉说道。

“没关系。”艾丽斯说道。

她深深地吸了一口气。

“想象有一座满是鸟儿的岛屿，与一个城堡形状的岩石……”

艾丽斯讲啊讲啊，孩子们听着听着都入了迷。

后记

虽然我在伦敦长大，但小时候我曾在苏格兰马尔岛度过了许多快乐的假期。在马尔岛的山与海之间，我们有一栋小屋。我和妹妹随时都可以自由地漫步——只要我们待在流经我家花园的小溪旁。“这样你们就会安全了。”我的父母曾说道，他们的意思是我们不会走丢（他们似乎从没想过可能还会有其他危险）。

这是我第一次尝到冒险和自由的滋味，以前我只是在伊妮德·布赖顿的书里读到过。天空广阔，我们在阳光、冰雹和雨水的洗礼下，迈着坚定的脚步往山中行进。我们踏过如床垫般柔软有弹性的青草地，走过拽掉我们靴子的沼泽地。我们遇见了会随云朵移动而变换颜色的小湖泊，还遇见了兔子、老鹰和羊羔。不幸的是，有一次我们看见了一头死掉的鹿躺在帚石楠之中。这提醒了我们：这个地方不仅美丽，而且充满危险。

我觉得那次漫步的某些东西永远地改变了我，虽然伦敦的DNA深深地烙在我的心上，但是直到今天，那片天空，那座山，那片海仍占据着我心里的一部分。

几年前，我跟我的丈夫回到了苏格兰。我们在尤斯顿火车站（伦敦最丑的车站）乘坐卧铺车去高地的威廉堡，那里壮丽、浪漫、有趣，就像它的名字一样。我们住在朋友家，他们家位于阿德纳默亨半岛上一个与世隔绝的海滩上。晚上，我们在那里用浮木点燃篝火，火焰里迸发出蓝火花。我们一边等着午夜的太阳落下，一边看着对面的岛屿升起薄雾。随后，我们乘船去到一个小小的岛屿，并在那里看到了一大群海鹦。这是每个人一生中至少都应该来一次的地方，来了解我们的星球是多么的神奇和珍贵。海鹦滑稽、笨拙、优雅，还很勇敢，观看它们的那一个小时是我人生中数一数二的快乐时光。

这本书写给孩童时期的我，当时的我像个探险家一样迈着大步漫步在苏格兰的群山中。这本书也是写给美丽的自然环境的一封情书，我希望阅读这本书能让你更加仔细地观察你周围的世界，并激励你去探索它。你不一定非要去到苏格兰的岛屿上才能看到神奇的事物。伦敦一个下雪的清晨，我醒来发现一只雌狐狸和它的宝宝躲在我们的花园里。夏天的时候，我注意到每天早上都有三只鹅在同一时间落在我们当地公园的池塘上。就在这个公园，我还见过一只小田鼠坐在一片叶子上。最近，我的一个朋友还在泰晤士河里看到了海豚！

冒险的开始各不相同，并且常常还是在你最意想不到的地方。有些冒险是以“茶、蛋糕和三明治”安静地开始，而有些则是以一本书、一个新朋友，或仅仅是在大街上散步开始的。

以上的任何一件事都可能改变你的人生。

致谢及免责说明

《岩石堡上的孩子》中的苏格兰是我想象中的苏格兰，融合了许多我曾经去过并喜爱的地方。为此，我改掉了所有的地名。不过如果你知道这个地区，你可能会猜出来它们本来是哪儿……

感谢我亲爱的朋友珍妮·麦卡莱斯特，感谢她把位于阿德纳默亨半岛的漂亮房子借给我，并耐心地回复我关于当地植物和气象学问题的疯狂短信。感谢我的父母把两个女儿托付给一条小溪。感谢我的丈夫和女儿们对我一如既往的支持。感谢我的经纪人凯瑟琳·克拉克，感谢她永远是正确的。还要感谢我的编辑艾丽斯·斯旺，她是“这很好……但我知道你可以做得更好”的专家。感谢她激励我去做那些以为自己绝对做不到的事情。由她来负责编辑，本身就是一场冒险。